R. L. STINE

Gänsehaut

Um Mitternacht, wenn die Vogelscheuche erwacht

cbj

DER AUTOR

R. L. Stine, 1943 in Columbus/Ohio geboren, ist Erfolgsautor der Reihe *Fear Street*. Der weltweite Durchbruch gelang ihm mit der Kinder-Gruselreihe *Goosebumps*, zu Deutsch *Gänsehaut*. Mit über 400 Millionen verkauften Büchern weltweit ist Stine einer der erfolgreichsten Kinderbuchautoren aller Zeiten. Er lebt mit seiner Familie in New York und teilt sich sein Büro mit einem Skelett.

Von R. L. Stine ist bei cbj lieferbar:

Willkommen im Haus der Toten (22591)
Es wächst und wächst und wächst… (22592)
Der Geist von nebenan (22593)
Die Puppe mit dem starren Blick (22594)
Der Werwolf aus den Fiebersümpfen (22595)
Um Mitternacht, wenn die Vogelscheuche erwacht (22596)

Gänsehaut – Das Buch zum Film (17223)

R. L. STINE

Gänsehaut

Um Mitternacht, wenn die Vogelscheuche erwacht

Aus dem amerikanischen Englisch
von Günter W. Kienitz

cbj

cbj

Kinder- und Jugendbuchverlag
in der Verlagsgruppe Random House

MIX
Papier aus verantwortungsvollen Quellen
FSC® C014496
FSC
www.fsc.org

Verlagsgruppe Random House FSC® N001967

2. Auflage
Als cbj Taschenbuch Februar 2016
Die Originalausgabe erschien unter dem Titel
»Goosebumps # 20: The Scarecrow Walks at Midnight«

The Goosebump book series created
by Parachute Press, Inc. Published by arrangement
with Scholastic Inc., 557 Broadway, New York, NY 10012, USA.

Dieses Werk wurde vermittelt durch die Literarische Agentur
Thomas Schlück GmbH, 30827 Garbsen.

Übersetzung: Günter W. Kienitz
Lektorat: Janka Panskus
Umschlaggestaltung: basic-book-design, Karl Müller-Bussdorf
jk · Herstellung: ReD
Satz: Uhl + Massopust, Aalen
Druck: GGP Media GmbH, Pößneck
ISBN 978-3-570-22596-7
Printed in Germany

www.cbj-verlag.de

1

»He, Jodie – warte auf mich!«

Ich drehte mich um und blinzelte ins grelle Sonnenlicht. Mark, mein Bruder, stand noch immer auf dem gepflasterten Bahnsteig. Der Zug war bereits wieder abgefahren. Ich konnte sehen, wie er sich in einiger Entfernung zwischen den grünen Wiesen mit abgemähtem Gras hindurchschlängelte.

Ich wandte mich zu Stanley um. Stanley ist die Hilfskraft auf der Farm meiner Großeltern. Er stand neben mir und trug beide Koffer. »Wenn du im Lexikon nach dem Wort ›Schlafmütze‹ suchst«, sagte ich, »dann findest du ein Bild von Mark.«

Stanley lächelte mich an. »Ich mag das Lexikon, Jodie«, sagte er. »Manchmal lese ich stundenlang darin.«

»He, Mark – leg einen Gang zu!«, rief ich. Aber er ließ sich viel Zeit und bewegte sich, transusig wie immer, im Schneckentempo.

Ich warf meine blonden Haare über die Schulter und wandte mich wieder Stanley zu. Mark und ich waren schon seit einem Jahr nicht mehr zu Besuch auf der Farm gewesen. Doch Stanley sah noch genauso aus wie immer.

Er ist klapperdürr. »Dünn wie eine Nudel«, sagt meine Oma immer. Sein Jeans-Overall sieht an ihm immer so aus, als wäre er fünf Nummern zu groß.

Stanley ist etwa vierzig bis fünfundvierzig, schätze ich. Seine dunklen Haare trägt er in einem Bürstenschnitt – kurz geschoren bis knapp über der Kopfhaut. Er hat gewaltige Ohren. Sie stehen ein bisschen ab und leuchten stets knallrot. Und er hat große, runde, braune Augen, die mich an die Augen eines Welpen erinnern.

Stanley ist nicht besonders helle. Opa Kurt sagt immer, dass Stanley nicht ganz richtig tickt.

Aber Mark und ich mögen ihn richtig gerne. Er hat einen leisen Humor. Und er ist liebenswürdig, ruhig und freundlich, und jedes Mal, wenn wir auf die Farm zu Besuch kommen, hat er uns eine Menge erstaunlicher Dinge zu zeigen.

»Du siehst süß aus, Jodie«, sagte Stanley, und seine Wangen wurden dabei so rot wie seine Ohren. »Wie alt bist du denn jetzt?«

»Zwölf«, erklärte ich ihm. »Und Mark ist elf.«

Er dachte darüber nach. »Das macht dreiundzwanzig«, scherzte er.

Wir lachten beide. Man weiß nie im Voraus, was Stanley als Nächstes sagen wird!

»Ich glaube, ich bin in irgendetwas Ekliges getreten«, beklagte sich Mark, als er näher kam.

Ich weiß immer, was Mark als Nächstes sagen wird. Mein Bruder kennt nur drei Wörter: *cool, verrückt* und *eklig*. Echt. Das ist sein ganzer Wortschatz.

Aus Jux habe ich ihm zu seinem letzten Geburtstag ein Wörterbuch geschenkt. »Du bist verrückt«, sagte

Mark, als ich es ihm gab. »Was für ein *ekliges* Geschenk.«

Er schrappte mit seinen weißen Basketballstiefeln über den Boden, als wir Stanley zu dem altersschwachen roten Pick-up folgten. »Trag meinen Rucksack für mich«, sagte Mark und versuchte ihn mir in die Hände zu drücken.

»Kommt gar nicht infrage«, erklärte ich ihm. »Trag ihn gefälligst selbst.«

In dem Rucksack steckten sein Walkman, ungefähr dreißig Kassetten, Comics, sein Gameboy und mindestens fünfzig Spielekassetten. Ich wusste, dass er vorhatte den ganzen Monat in der Hängematte auf der überdachten hinteren Veranda des Farmhauses zu liegen, Musik zu hören und mit seinem Gameboy zu spielen.

Aber … da hatte er sich geschnitten!

Unsere Eltern hatten gesagt, es sei meine Aufgabe, mich darum zu kümmern, dass Mark nicht nur im Haus herumsitzen, sondern die Möglichkeiten auf der Farm nutzen werde. In der Stadt waren wir das ganze Jahr über schrecklich eingepfercht. Deshalb schickten sie uns auch jeden Sommer für einen Monat auf Besuch zu Opa Kurt und Oma Miriam – damit wir uns dort viel an der frischen Luft bewegen konnten.

Wir blieben neben dem Pick-up stehen, während Stanley all die Taschen seines Overalls nach dem Autoschlüssel absuchte. »Heute wird es ganz schön heiß werden«, sagte Stanley. »Es sei denn, es kühlt ab.«

Eine von Stanleys typischen Wettervorhersagen.

Ich blickte auf die riesige Wiese unterhalb des Parkplatzes des kleinen Bahnhofes hinaus. Tausende von winzigen weißen Fallschirmchen schwebten vor dem klaren blauen Himmel darüber hinweg.

Es war einfach wunderschön!

Natürlich musste ich niesen.

Ich besuche die Farm meiner Großeltern wirklich gerne. Mein einziges Problem ist, dass ich gegen fast alles dort allergisch bin.

Deshalb packt Mama mir immer einige Fläschchen meiner Allergiemedizin ein – und jede Menge Taschentücher.

»Gesundheit«, sagte Stanley. Er hievte unsere beiden Koffer auf die Ladefläche des Pick-up. Mark legte seinen Rucksack daneben. »Kann ich hinten sitzen?«, fragte er.

Er hatte es gerne, hinten flach auf dem Rücken zu liegen, in den Himmel zu gucken und dabei kräftig durchgeschüttelt zu werden.

Stanley ist ein schrecklicher Fahrer. Er scheint es nicht zu schaffen, sich gleichzeitig auf das Lenkrad zu konzentrieren und darauf, die richtige Geschwindigkeit einzuhalten. Deshalb kommt es oft vor, dass er Kurven zu schnell nimmt und der Wagen dann heftigst schlingert.

Mark schwang sich auf die Ladefläche des Pick-up und streckte sich neben den Koffern aus. Ich kletterte vorne auf den Sitz neben Stanley.

Kurz darauf holperten wir die enge, gewundene Straße entlang, die zur Farm führt. Ich guckte aus dem staubigen Fenster auf die Wiesen und die Farmhäuser, an denen wir vorbeifuhren. Alles sah so grün und lebendig aus.

Stanley hatte beim Fahren beide Hände fest um das Lenkrad geklammert. Er saß steif nach vorne gebeugt und starrte stur geradeaus durch die Windschutzscheibe, ohne auch nur einmal zu blinzeln.

»Herr Mortimer bewirtschaftet seine Farm nicht mehr«, sagte er und nahm eine Hand vom Lenkrad, um auf ein großes, weißes Farmhaus oben auf einem allmählich ansteigenden, grünen Hügel zu deuten.

»Warum nicht?«, fragte ich.

»Weil er gestorben ist«, antwortete Stanley feierlich.

Verstehst du jetzt, was ich meine? Man weiß nie, was Stanley als Nächstes sagen wird.

Wir holperten über eine tiefe Rinne in der Straße. Ich war mir sicher, dass Mark hinten auf der Ladefläche unheimlich viel Spaß hatte.

Die Straße führt durch die winzige Stadt, die so klein ist, dass sie noch nicht einmal einen Namen hat. Die Farmer nennen sie von jeher einfach nur Stadt.

Es gibt dort ein Futtermittelgeschäft, eine Kombination aus Tankstelle und Lebensmittelladen, eine Kirche mit einem weißen Turm, ein Haushaltswarengeschäft und einen Briefkasten.

Vor dem Futtermittelgeschäft parkten zwei Wagen. Ich sah aber niemand, als wir daran vorbeirumpelten.

Die Farm meiner Großeltern liegt etwa drei Kilometer von der Stadt entfernt. Ich sah die Maisfelder, als wir näher kamen.

»Der Mais steht ja schon ziemlich hoch!«, rief ich, während ich durch das auf und ab hüpfende Fenster blickte. »Hast du schon welchen gegessen?«

»Nur zum Abendessen«, erwiderte Stanley.

Plötzlich bremste er den Wagen ab und sah mich an. »Um Mitternacht geht die Vogelscheuche um«, stieß er mit gedämpfter Stimme hervor.

»Wie bitte?« Ich war mir nicht sicher, ob ich richtig gehört hatte.

»Um Mitternacht geht die Vogelscheuche um«, wiederholte er und fixierte mich mit seinen großen Hundeaugen. »Das habe ich in dem Buch gelesen.«

Ich wusste nicht, was ich darauf sagen sollte, deshalb lachte ich. Ich dachte, er machte vielleicht einen Scherz.

Tage später sollte mir klar werden, dass es absolut kein Scherz gewesen war.

2

Als die Farm vor unseren Augen größer wurde, fühlte ich mich langsam pudelwohl. Es ist weder eine große noch eine besonders ausgefallene Farm, aber ich mag einfach alles an ihr.

Ich mag die Scheune mit ihrem süßen Geruch. Ich mag das gedämpfte Muhen der Kühe weit draußen auf der Weide. Ich mag die hoch aufragenden Maispflanzen, die sich alle gemeinsam im Wind wiegen.

Kitschig, wie?

Die schaurigen Gruselgeschichten, die uns Opa Kurt abends vor dem Kamin erzählt, mag ich auch.

Nicht zu vergessen Oma Miriams Pfannkuchen mit Schokoflocken. Die sind so gut, dass ich manchmal davon träume, wenn ich wieder zurück in der Stadt bin.

Und ich liebe die glücklichen Gesichter meiner Großeltern, wenn wir ihnen entgegenlaufen, um sie zu begrüßen.

Natürlich kletterte ich als Erste aus dem Pick-up. Mark war so langsam wie immer. Ich stürmte auf die überdachte Veranda zu, die sich auf der Hinterseite des großen, alten Farmhauses befindet, und konnte es gar nicht erwarten, meine Großeltern zu sehen.

Oma Miriam kam mit ausgestreckten Armen herausgewatschelt. Die Fliegengittertür fiel krachend hinter ihr zu. Doch gleich darauf sah ich, wie Opa Kurt sie wieder öffnete und ebenfalls herausgeeilt kam.

Mir fiel sofort auf, dass sein Hinken noch schlimmer geworden war. Jetzt stützte er sich schwer auf einen weißen Spazierstock. Früher hatte er nie einen gebraucht.

Mir blieb jedoch keine Zeit, mir lange darüber Gedanken zu machen, weil Mark und ich auch schon heftig umarmt wurden. »Ich freue mich so, euch zu sehen! Es ist ja schon so lange her«, rief Oma Miriam überglücklich.

Dann gab es die üblichen Bemerkungen darüber, wie sehr wir doch wieder gewachsen seien und wie erwachsen wir schon aussähen.

»Jodie, wo hast du nur diese blonden Haare her? Es gibt keine Blonden in *meiner* Familie«, sagte Opa Kurt wie jedes Mal und schüttelte seine weiße Mähne. »Du musst sie von deinem Vater haben. Nein, ich weiß. Ich wette, du hast sie aus einem Laden«, meinte er und grinste. Das war sein kleiner Scherz. Damit begrüßte er mich jeden Sommer. Und seine blauen Augen funkelten dabei jedes Mal ausgelassen.

»Du hast recht. Es ist eine Perücke«, erklärte ich und lachte.

Neckisch zog er an meinen blonden Haaren.

»Seid ihr schon verkabelt?«, fragte Mark, der seinen Rucksack hinter sich über den Boden herschleifte.

»Kabelfernsehen?« Opa Kurt schaute ihn überrascht an. »Haben wir noch nicht. Aber wir haben drei Kanäle. Wie viel mehr brauchen wir noch?«

Mark rollte mit den Augen. »Kein MTV«, stöhnte er.

Stanley marschierte an uns vorbei und schleppte unsere Koffer ins Haus.

»Lasst uns reingehen. Ich wette, ihr seid am Verhungern«, sagte Oma Miriam. »Ich habe Suppe und belegte Brote gemacht. Heute Abend gibt es Hühnchen und Mais. Der Mais ist dieses Jahr sehr süß. Ich weiß doch, wie gerne ihr beide das mögt.«

Während sie auf das Haus zugingen, beobachtete ich meine Großeltern. Beide kamen mir stark gealtert vor. Sie bewegten sich langsamer, als ich es in Erinnerung hatte. Opa Kurts Hinken war eindeutig schlimmer geworden und sie wirkten beide abgespannt.

Oma Miriam ist klein und pummelig. Sie hat ein rundes Gesicht, das von roten Locken eingerahmt wird. Hellroten Locken. Es ist unmöglich, die Farbe zu beschreiben. Ich weiß nicht, womit sie ihr Haar färbt, um diesen Farbton hinzukriegen, und habe ihn noch nie bei jemand anderem gesehen!

Sie trägt eine Brille mit viereckigen Gläsern, die sie echt altmodisch aussehen lässt. Am liebsten zieht sie große, schlabbrige Hauskleider an. Ich glaube nicht, dass ich sie jemals in Jeans oder in Hosen gesehen habe.

Opa Kurt ist groß und hat breite Schultern. Meine Mutter sagt, er sah richtig stattlich aus, als er noch jung war. »Wie ein Filmstar«, erzählt sie mir immer.

Nun hat er weißes, aber immer noch sehr dichtes Haar. Seine strahlend blauen Augen bringen mich immer zum Lachen. Und sein schmales Gesicht ziert ein weißer Stoppelbart. Opa Kurt rasiert sich nämlich nicht gerne.

An diesem Tag trug er ein langärmeliges, rot und grün kariertes Hemd, das trotz des heißen Tages bis zum Kragen hinauf zugeknöpft war, und eine ausgebeulte Jeans mit fleckigen Knien, die von weißen Hosenträgern gehalten wurde.

Das Mittagessen machte richtig Spaß. Wir saßen alle um den langen Küchentisch herum. Durch das große Fenster fiel Sonnenlicht herein. Ich konnte die Scheune hinterm Haus sehen und die Maisfelder, die sich dahinter ausbreiteten.

Mark und ich erzählten alle unsere Neuigkeiten – von der Schule, von meinem Basketballteam, das an der Meisterschaft teilnehmen würde, und von dem Schnurrbart, den sich mein Vater neuerdings wachsen ließ.

Aus irgendeinem Grund hielt Stanley das für sehr witzig. Er lachte so heftig, dass er sich an seiner Erbsensuppe verschluckte. Und Opa Kurt musste sich zu ihm hinüberbeugen und ihm auf den Rücken klopfen.

Es ist schwer abzuschätzen, was Stanley zum Lachen bringt. Stanley ist, wie Mark sich ausdrücken würde, eindeutig *verrückt.*

Während des ganzen Mittagessens musterte ich meine Großeltern. Mir wollte einfach nicht in den Kopf gehen, wie sehr sie sich während eines einzigen Jahres verändert hatten. Sie wirkten so viel stiller, so viel langsamer.

Das bedeutete es also, älter zu werden, sagte ich mir.

»Stanley wird euch bestimmt seine Vogelscheuchen zeigen«, sagte Oma Miriam, während sie die Schale mit den Äpfeln herumreichte. »Das wirst du doch, Stanley, oder?«

Opa Kurt räusperte sich vernehmlich. Ich hatte den

Eindruck, er wollte Oma Miriam damit andeuten, sie solle das Thema wechseln.

»Ich hab sie gemacht«, sagte Stanley und grinste voller Stolz. Bedeutungsvoll blickte er mich an. »Das Buch – es hat mir gezeigt, wie das geht.«

»Nimmst du immer noch Gitarrenunterricht?«, wollte Opa Kurt von Mark wissen.

Mir fiel auf, dass er aus irgendeinem Grund nicht über Stanleys Vogelscheuchen sprechen wollte.

»Klar«, antwortete Mark, während er geräuschvoll kaute. »Aber ich habe meine akustische verkauft. Ich bin auf eine elektrische umgestiegen.«

»Du meinst, du musst sie einstecken?«, fragte Stanley und fing an zu kichern, als hätte er gerade einen besonders guten Witz gerissen.

»Es ist wirklich schade, dass du deine Gitarre nicht mitgebracht hast«, sagte Oma Miriam zu Mark.

»Nein, ist es gar nicht«, scherzte ich. »Die Kühe würden bestimmt damit anfangen, saure Milch zu geben!«

»Halt die Klappe, Jodie!«, schnauzte Mark. Er hat überhaupt keinen Humor.

»Sie *geben* bereits saure Milch«, murmelte Opa Kurt und senkte den Blick.

»Pech. Wenn Kühe saure Milch geben, bedeutet das Pech«, erklärte Stanley. Seine Augen weiteten sich und er hatte plötzlich einen angstvollen Ausdruck im Gesicht.

»Ist schon in Ordnung, Stanley«, versicherte ihm Oma Miriam rasch und legte ihm sanft eine Hand auf die Schulter. »Opa Kurt hat doch nur Spaß gemacht.«

»Wenn ihr Kinder fertig seid, könnt ihr mit Stanley gehen«, sagte Opa Kurt. »Er wird euch auf der

Farm herumführen. Das hat euch immer gefallen.« Er seufzte. »Ich würde ja gerne mitkommen, aber mein Bein – es spielt mal wieder nicht mit.«

Als Oma Miriam anfing das Geschirr abzuräumen, folgten Mark und ich Stanley zur Hintertür hinaus. Das Gras hinterm Haus war erst vor Kurzem gemäht worden und die Luft war noch von dem würzig süßen Geruch erfüllt.

Auf dem Weg entdeckte ich einen Kolibri, der über den Blumengarten neben dem Haus flatterte. Ich machte Mark darauf aufmerksam, doch bis der hinsah, war der kleine Vogel schon davongeschwirrt.

Am Ende des lang gestreckten Gartens stand die alte Scheune. Ihre weißen Wände waren ziemlich fleckig und die Farbe blätterte ab. Sie mussten dringend einmal gestrichen werden. Das Tor stand weit offen und ich konnte drinnen viereckige Strohballen erkennen.

In einiger Entfernung, schon fast bei den Maisfeldern, stand rechts von der Scheune das kleine Gästehaus, in dem Stanley mit seinem Sohn Sticks, einem Teenager, wohnte.

»Stanley – wo ist eigentlich Sticks?«, fragte ich. »Warum war er nicht beim Mittagessen?«

»Er ist in die Stadt«, antwortete Stanley leise. »Er ist auf einem Pony in die Stadt geritten.«

Mark und ich sahen einander an. Wir sind uns über Stanley nie so ganz im Klaren.

Aus dem Maisfeld ragten einige dunkle Figuren heraus, die Vogelscheuchen, über die Oma Miriam gesprochen hatte. Ich starrte zu ihnen hinüber und schirmte die Augen mit einer Hand vor der Sonne ab.

»So viele Vogelscheuchen!«, rief ich aus. »Stanley, letzten Sommer gab es hier doch nur eine einzige. Warum sind es inzwischen so viele?«

Er gab keine Antwort, schien mich noch nicht einmal zu hören. Er hatte sich seine schwarze Baseballkappe tief in die Stirn gezogen und machte große Schritte. Seine nach vorn gebeugte Haltung und sein typischer Gang erinnerten an einen Storch. Die Hände hatte er tief in den Taschen seines ausgebeulten Jeans-Overalls vergraben.

»Wir haben die Farm doch schon hundertmal gesehen«, beschwerte sich Mark im Flüsterton bei mir. »Warum müssen wir die große Führung schon wieder mitmachen?«

»Mark – reg dich ab«, sagte ich zu ihm. »Wir drehen *jedes Mal* eine Runde um das Farmgelände. Das ist Tradition.«

Mark brummelte vor sich hin. Er ist wirklich faul. Nie hat er Lust dazu, etwas zu unternehmen.

Stanley führte uns an der Scheune vorbei ins Maisfeld. Die Pflanzen ragten mir knapp über den Kopf. Ihre goldenen Spitzen glänzten im hellen Sonnenlicht.

Stanley griff hinauf und riss einen Kolben vom Stängel ab. »Wollen mal sehen, ob er schon reif ist«, sagte er und grinste Mark und mich an.

Er hielt den Maiskolben in der linken Hand und fing an ihn mit der rechten abzuschälen.

Wenige Sekunden später zog er die Hülsenblätter ab und der Maiskolben kam zum Vorschein.

Ich starrte darauf – und stieß einen entsetzten Schrei aus.

3

»Bäähh – das ist ja *widerlich*!«, kreischte ich.

»Eklig!«, hörte ich Mark stöhnen.

Der Mais hatte eine abstoßend braune Farbe. Und der Kolben *bewegte* sich. Zuckte. Wabbelte.

Stanley hob den Mais vor das Gesicht, um ihn zu untersuchen. Und da stellte ich fest, dass der Kolben von Würmern bedeckt war. Von Hunderten von braunen Würmern, die sich wanden und zuckten.

»Nein!«, schrie Stanley voller Entsetzen. Er ließ den Maiskolben vor seine Füße auf die Erde fallen. »Das bedeutet Pech! Das sagt das Buch. Ganz schlimmes Pech!«

Ich starrte auf den Maiskolben hinab. Die Würmer ringelten sich vom Kolben hinunter auf die Erde.

»Ist schon in Ordnung, Stanley«, versuchte ich ihn zu beruhigen. »Ich habe nur geschrien, weil ich so verblüfft war. So etwas kann schon mal passieren. Manchmal stecken eben Würmer im Mais. Das hat mir Opa erklärt.«

»Nein. Das ist schlimm«, beharrte Stanley mit zitternder Stimme. Seine roten Ohren glühten, die Augen zeigten Furcht. »Das – das steht in dem Buch.«

»Was denn für ein Buch?«, wollte Mark wissen, während er den wurmstichigen Maiskolben mit der Spitze seines Basketballstiefels davonkickte.

»Mein Buch«, antwortete Stanley geheimnisvoll. »Mein Buch des Übernatürlichen.«

Du liebe Zeit, dachte ich. Stanley sollte aber wirklich kein Buch über übernatürliche Erscheinungen besitzen. Er war sowieso schon der abergläubischste Mensch der Welt – auch ohne so ein Buch!

»Du hast ein Buch über Übernatürliches gelesen?«, fragte ihn Mark, während er die braunen Würmer beobachtete, die sich über die weiche Erde schlängelten.

»Ja.« Stanley nickte begeistert. »Es ist ein gutes Buch. Da steht unheimlich viel drin. Und alles ist wahr. Alles!«

Er nahm die Kappe ab und kratzte sich durch das kurz geschnittene Haar hindurch am Kopf. »Ich muss das Buch zurate ziehen. Mal sehen, was es über den Mais zu sagen hat. Über den verdorbenen Mais.«

Er geriet richtig aus dem Häuschen. Mir wurde ein wenig unbehaglich deswegen. Ich kenne Stanley schon mein ganzes Leben lang, und soweit ich weiß, arbeitet er für Opa Kurt seit über zwanzig Jahren.

Schon immer war er seltsam. Aber ich habe noch nie erlebt, dass er wegen einer so unwichtigen Sache wie diesem verdorbenen Maiskolben so durcheinandergeraten wäre.

»Zeig uns die Vogelscheuchen«, sagte ich und versuchte so ihn vom Mais abzulenken.

»Ja. Lass sie uns ansehen«, schloss Mark sich mir an.

»Also gut. Die Vogelscheuchen.« Stanley nickte.

Dann wandte er sich, immer noch tief in Gedanken, um und marschierte zwischen den hohen Reihen der Maispflanzen hindurch los.

Die Stauden knarrten und stöhnten, wenn wir an ihnen vorbeistrichen. Das war irgendwie ein unheimliches Geräusch.

Plötzlich fiel ein Schatten über mich. Eine der dunklen Vogelscheuchen wuchs vor uns in die Höhe. Sie trug einen zerrissenen schwarzen Mantel, der mit Stroh ausgestopft war. Ihre Arme streckten sich steif nach beiden Seiten aus.

Die Vogelscheuche war groß und erhob sich über meinen Kopf. Sie war groß genug, um selbst die hohen Maisstauden zu überragen.

Ihr Kopf bestand aus einem vergilbten Rupfenbeutel, der mit Stroh gefüllt war. Mit schwarzer Farbe waren darauf böse blickende Augen und ein bedrohliches, finsteres Gesicht gemalt. Auf ihrem Kopf saß ein zerbeulter altmodischer Hut.

»Die hast du gemacht?«, fragte ich Stanley. Zwischen den Maisstauden konnte ich mehrere solcher Vogelscheuchen herausragen sehen. Sie standen alle in derselben steifen Haltung und alle hatten dieselben bedrohlichen Mienen.

Er blickte zum Gesicht der Vogelscheuche hinauf. »Ich habe sie gemacht«, sagte er mit gedämpfter Stimme. »Im Buch stand genau, wie das geht.«

»Sie sehen ganz schön schaurig aus«, stellte Mark fest, der dicht neben mir stand. Er packte die Strohhand der Vogelscheuche und schüttelte sie. »Wie läuft's denn so?«, fragte Mark sie.

»Um Mitternacht geht die Vogelscheuche um«, sagte Stanley und wiederholte damit, was er schon auf der Fahrt vom Bahnhof gesagt hatte.

»Was bedeutet das?«, fragte ich Stanley.

»Im Buch stand genau, wie das gemacht wird«, antwortete Stanley wieder und ließ das dunkle auf den Rupfenbeutel gemalte Gesicht nicht aus den Augen. »Im Buch stand auch, wie man sie gehen lassen kann.«

»Wie bitte? Du meinst, du lässt die Vogelscheuchen *gehen*?«, fragte ich ziemlich verwirrt.

Stanleys dunkle Augen fixierten meine. Wieder nahm sein Gesicht einen sehr feierlichen Ausdruck an. »Ich weiß, wie das geht. In dem Buch stehen alle notwendigen Sprüche.«

Völlig verwirrt erwiderte ich seinen Blick. Ich wusste nicht, was ich dazu sagen sollte.

»Ich habe sie zum Gehen gebracht, Jodie«, fuhr Stanley in einer Stimme, kaum lauter als ein Flüstern, fort. »Ich habe sie gehen lassen. Und nun bin ich der Boss.«

»Der Boss der V-Vogelscheuchen?«, stotterte ich. »Du meinst …«

Ich brach ab, als ich aus dem Augenwinkel sah, wie sich der Arm der Vogelscheuche bewegte.

Das Stroh raschelte, als sich ihr Arm in die Höhe hob.

Dann fühlte ich hartes Stroh, das über mein Gesicht strich – als sich der vertrocknete Arm der Vogelscheuche nach meinem Hals ausstreckte.

4

Das stachelige Stroh, das aus dem Ärmel des schwarzen Mantels herauslugte, kratzte mir über den Nacken.

Ich stieß einen gellenden Schrei aus.

»Sie lebt!«, brüllte ich voller Panik, ließ mich zu Boden fallen und krabbelte auf allen vieren davon.

Als ich mich umdrehte, sah ich Mark und Stanley mir seelenruhig nachschauen.

Hatten sie denn nicht gesehen, dass die Vogelscheuche versucht hatte mich zu würgen?

Da trat Sticks, Stanleys Sohn, hämisch grinsend hinter der Vogelscheuche hervor.

»Sticks ...! Du miese Ratte!«, schrie ich wütend. Auf einmal war mir klar, dass er den Arm der Vogelscheuche bewegt hatte.

»Euch Stadtkindern kann man wirklich leicht Angst einjagen«, sagte Sticks, und sein Grinsen wurde noch breiter. Er streckte mir eine Hand entgegen, um mir wieder auf die Beine zu helfen. »Du hast echt gedacht, die Vogelscheuche hätte sich bewegt, Jodie! Stimmt's?«

»Ich kann die Vogelscheuchen dazu bringen, sich zu bewegen«, beharrte Stanley. »Ich kann sie gehen lassen. Ich habe es schon getan. Es steht alles in dem Buch.«

Sticks' Lächeln verschwand. Das Leuchten in seinen dunklen Augen schien schwächer zu werden. »Klar, sicher, Papa«, murmelte er.

Sticks ist sechzehn. Er ist groß und schlaksig und hat langes, schwarzes Haar und lange, knochige Arme und Beine. Deshalb auch der Spitzname Sticks. Trotzdem gibt er sich Mühe, stark auszusehen. Er trägt enge Muskel-T-Shirts und schmutzige Jeans, gibt sich gerne sarkastisch und seine dunklen Augen scheinen einen immer auszulachen.

Mark und mich nennt er »Stadtkinder«. Er sagt das jedes Mal mit Spott in der Stimme. Und er spielt uns immerzu blöde Streiche. Wahrscheinlich ist er irgendwie neidisch auf Mark und mich. Ich vermute, auf einer Farm aufzuwachsen und mit seinem Vater in dem kleinen Gästehaus zu leben ist nicht gerade leicht für Sticks.

Schließlich ist Stanley doch eher ein Kind als ein Vater.

»Ich hab dich da hinten gesehen«, ließ Mark Sticks wissen.

»So? Dann vielen Dank, dass du mich gewarnt hast!«, schnauzte ich Mark an und wandte mich dann wütend an Sticks. »Wie ich sehe, hast du dich überhaupt nicht verändert.«

»Ich freue mich auch dich zu sehen, Jodie«, antwortete er sarkastisch. »Die Stadtkinder sind also wieder hier, um einen Monat mit den Bauerntölpeln zu verbringen!«

»Hast du damit ein Problem?«, fauchte ich zurück.

»Seid nett zueinander«, murmelte Stanley. »Der Mais hat Ohren, wisst ihr.«

Wir guckten ihn alle an. Hatte er bloß einen Scherz gemacht? Bei ihm war das schwer zu sagen.

Stanleys Gesicht blieb ernst. Seine großen Augen starrten mich an. »Der Mais hat Ohren«, wiederholte er. »In dem Feld hausen Geister.«

Sticks schüttelte unglücklich den Kopf. »Papa, du hast zu viel Zeit mit diesem Buch des Übernatürlichen verbracht«, murmelte er.

»Das Buch sagt die Wahrheit«, erwiderte Stanley. »Alles, was darin steht, ist wahr.«

Sticks kickte gegen die Erde. Er hob den Blick und sah mich an. Seine Miene war sehr traurig. »Hier hat sich einiges verändert«, murmelte er tonlos.

»Wie?« Ich hatte ihn nicht verstanden. »Was meinst du?«

Sticks wandte sich zu seinem Vater um. Stanley erwiderte seinen Blick mit zusammengekniffenen Augen.

Sticks zuckte die Achseln und gab keine Antwort. Er packte Marks Arm und drückte ihn. »Du bist genauso schlapp wie immer«, sagte er zu Mark. »Hast du Lust, heute Nachmittag ein bisschen zu kicken?«

»Ist irgendwie heiß heute«, antwortete Mark und wischte sich mit dem Handrücken den Schweiß von der Stirn.

Sticks sah ihn herablassend an. »Immer noch so ein Schlaffi, was?«

»Von wegen!«, wehrte sich Mark. »Ich habe nur gesagt, dass es heiß ist. Sonst nichts.«

»He – du hast da was auf dem Rücken«, sagte Sticks zu Mark. »Dreh dich mal um.«

Folgsam wandte Mark ihm den Rücken zu.

Sticks bückte sich rasch, hob den wurmigen Maiskolben auf und steckte ihn hinten in Marks T-Shirt.

Ich musste lachen, als ich meinem Bruder nachschaute, der den ganzen Weg zum Farmhaus laut schreiend zurückrannte.

Das Abendessen verlief ziemlich schweigsam. Oma Miriams gegrilltes Hühnchen war so lecker wie immer. Und sie hatte recht, was den Mais betraf. Er war sehr süß. Oma Miriam und ich futterten je zwei Maiskolben, die vor Butter nur so trieften.

Ich genoss das Abendessen. Doch es war mir nicht recht geheuer, dass meine Großeltern so verändert wirkten. Normalerweise redete Opa Kurt ununterbrochen. Er hat immer Dutzende spaßiger Geschichten über die Farmer in der Gegend parat. Und er hat immer neue Witze auf Lager.

Heute sprach er kaum ein Wort.

Oma Miriam drängte Mark und mich ständig mehr zu essen. Und sie wollte andauernd wissen, ob uns auch alles schmeckte. Doch auch sie schien bedrückt.

Beide wirkten angespannt. Unbehaglich.

Ständig blickten sie über den Tisch hinweg zu Stanley, der mit beiden Händen aß und dem die Butter nur so vom Kinn tropfte.

Sticks saß seinem Vater miesepetrig gegenüber. Er kam mir noch unfreundlicher vor als sonst.

Stanley war als Einziger am Tisch blendender Laune. Hingebungsvoll mampfte er sein Hühnchen und bat um eine dritte Portion Kartoffelbrei.

»Ist alles in Ordnung, Stanley?«, fragte Oma Miriam

ihn immer wieder und biss sich dabei auf die Unterlippe. »Alles in Ordnung?«

Stanley rülpste. »Gar nicht schlecht«, gab er zur Antwort.

Warum wirkt alles so verändert?, fragte ich mich. Liegt es nur daran, dass Oma und Opa alt werden?

Nach dem Essen saßen wir alle im großen gemütlichen Wohnzimmer herum. Opa Kurt schaukelte in seinem uralten Holzschaukelstuhl vor dem offenen Kamin sachte vor und zurück.

Es war zu heiß, um ein Feuer zu machen. Doch während Opa vor sich hin schaukelte, starrte er in die dunkle Feuerstelle. Auf seinem Gesicht lag ein nachdenklicher Ausdruck.

Oma Miriam saß Opa Kurt gegenüber auf ihrem Lieblingssitzplatz, einem grünen, dick gepolsterten Sessel. Auf ihrem Schoß lag eine ungeöffnete Gartenzeitschrift.

Sticks, der den ganzen Abend über kaum zwei Worte gesprochen hatte, verschwand. Stanley stand an die Wand gelehnt und pulte mit einem Zahnstocher zwischen seinen Zähnen herum.

Mark hatte sich auf die lange, grüne Couch sinken lassen und ich saß am anderen Ende und sah mich im Raum um.

»Der ausgestopfte Bär macht mir noch immer eine Gänsehaut!«, sagte ich schaudernd.

Ein riesiger, über zweieinhalb Meter großer, ausgestopfter Braunbär stand am anderen Ende des Zimmers auf seinen Hinterbeinen. Opa Kurt hatte ihn vor vielen Jahren auf einem Jagdausflug geschossen. Der Bär hatte die gewaltigen Tatzen hochgereckt, als wollte er jeden Moment angreifen.

»Das war ein richtiger Killerbär«, erinnerte sich Opa Kurt. Er schaukelte bedächtig, die Augen auf den wütend dreinblickenden Bären gerichtet. »Er hatte zwei Jäger angegriffen, bevor ich ihn erschoss. Damit habe ich den beiden das Leben gerettet.«

Ich schauderte und wandte mich von dem Bären ab. Ich hasste ihn richtig. Keine Ahnung, warum Oma Miriam und Opa Kurt ihn in ihrem Wohnzimmer stehen haben!

»Wie wär's mit einer Gruselgeschichte?«, fragte ich Opa Kurt.

Er erwiderte meinen Blick und seine blauen Augen verloren plötzlich ihre Lebhaftigkeit und wurden stumpf.

»Ja. Wir haben uns schon so darauf gefreut«, unterstützte mich Mark. »Erzähl uns die von dem Jungen ohne Kopf.«

»Nein. Erzähl uns eine neue«, forderte ich begeistert.

Opa Kurt rieb sich gemächlich das Kinn. Seine Augen wanderten zu Stanley auf der anderen Seite des Raumes. Dann räusperte er sich nervös.

»Ich bin müde, Kinder«, sagte er leise. »Ich denke, ich gehe gleich zu Bett.«

»Aber … keine Geschichte?«, protestierte ich.

Er starrte mich mit stumpfen Augen an. »Ich kenne eigentlich gar keine Geschichten«, murmelte er, erhob sich schwerfällig und ging auf sein Zimmer.

Was um Himmels willen wird hier gespielt?, fragte ich mich. *Was ist los?*

5

Später am Abend schlüpfte ich oben in meinem Zimmer in ein langes Nachthemd. Das Fenster stand weit offen und eine leichte Brise wehte ins Zimmer herein.

Ich schaute durch das offene Fenster hinaus. Ein weit ausladender Apfelbaum stand keine drei Meter vom Haus entfernt und warf seinen Schatten über den Rasen.

Wo das Gras aufhörte, schlossen sich die Maisfelder an, die sich im Schein des Vollmondes ausbreiteten. Das fahle Mondlicht ließ die hohen Stauden wie Gold glänzen.

Aus dem weiten Feld ragten die Vogelscheuchen steif wie Soldaten in dunklen Uniformen auf. Die Ärmel ihrer Mäntel blähten sich in der leichten Brise. Ihre blassen Rupfengesichter schienen zu mir herüberzustarren.

Ich fühlte, wie es mir eisig den Rücken hinunterlief.

So viele Vogelscheuchen. Mindestens ein Dutzend stand dort in geraden Reihen. Wie eine Armee, bereit loszumarschieren.

Um Mitternacht geht die Vogelscheuche um.

Das hatte Stanley mit gedämpfter, schauriger Stimme

gesagt. Mit einem Ernst, mit dem ich ihn nie zuvor hatte sprechen hören.

Ich warf einen Blick auf den Wecker auf dem Nachtkästchen. Gerade mal kurz nach zehn.

Um die Zeit, wenn sie losziehen, werde ich schlafen, schoss es mir durch den Kopf.

Ein verrückter Gedanke.

Ich musste niesen. War ich jetzt sogar nachts gegen die Farmluft allergisch?

Mit tränenden Augen starrte ich auf die langen Schatten, die von den Vogelscheuchen geworfen wurden. Eine Windbö beugte die Maispflanzen und ließ ihre Schatten wie dunkle Meereswellen vorwärtswogen.

Und dann sah ich, dass die Vogelscheuchen zu zucken begannen.

»Mark!«, schrie ich. »Mark, komm her! Mach schnell!«

6

Im Licht des Vollmondes beobachtete ich voller Entsetzen, wie sich die düsteren Vogelscheuchen in Bewegung setzten.

Ihre Arme zuckten heftig hin und her. Ihre Rupfenköpfe schwankten vorwärts.

Alle gemeinsam. Im Gleichklang.

Alle Vogelscheuchen zuckten, ruckten, zerrten – als bemühten sie sich mit aller Kraft, sich von ihren Stangen zu lösen.

»Mark – beeil dich!«, schrie ich.

Ich hörte Schritte, die hastig den Flur entlangkamen. Mark platzte atemlos in mein Zimmer. »Jodie – was zum Teufel ist los?«, brüllte er.

Mit wilden Gesten bedeutete ich ihm zum Fenster zu kommen. Als er neben mich trat, zeigte ich auf die Maisfelder hinaus. »Sieh nur – die Vogelscheuchen.«

Er lehnte sich weit aus dem Fenster hinaus.

Über seine Schulter hinweg konnte ich sehen, wie die Vogelscheuchen im Gleichtakt zuckten. Ein kalter Schauder erfasste mich und ich schlang meine Arme um mich herum.

»Das ist der Wind«, stellte Mark fest und trat vom

Fenster zurück. »Was ist bloß los mit dir, Jodie? Es ist nur der Wind, der sie herumbläst.«

»Du... du irrst dich, Mark«, stotterte ich. Die Arme hatte ich noch immer um mich herumgeschlungen. »Guck noch mal genau hin.«

Er rollte mit den Augen und seufzte. Doch er drehte sich wieder um, lehnte sich aus dem Fenster und schaute lange auf das Feld hinaus.

»Siehst du es nicht?«, fragte ich mit schriller Stimme. »Sie bewegen sich alle gleichzeitig. Ihre Arme, ihre Köpfe – sie bewegen sich völlig synchron.«

Als Mark sich vom Fenster zurückzog, waren seine Augen weit aufgerissen und voller Angst. Nachdenklich blickte er mich an und sprach kein Wort.

Schließlich schluckte er schwer und seine Stimme klang leise und verängstigt. »Wir müssen es Opa Kurt erzählen«, sagte er.

Wir rannten die Treppe hinunter, aber unsere Großeltern waren bereits ins Bett gegangen. Die Schlafzimmertür war geschlossen. Dahinter herrschte Stille.

»Vielleicht warten wir besser bis morgen früh«, flüsterte ich, als Mark und ich auf Zehenspitzen die Treppe zu unseren Zimmern hinaufstiegen. »Ich hoffe, bis dahin passiert uns nichts.«

Wir schlichen zurück in unsere Zimmer. Ich schloss das Fenster und verriegelte es. Draußen auf den Feldern zuckten die Vogelscheuchen noch immer und zerrten an ihren Pfosten.

Schaudernd wandte ich mich vom Fenster ab, schlüpfte ins Bett und zog mir die Decke über den Kopf.

Ich schlief schlecht und warf mich unruhig unter der schweren Decke hin und her.

Am Morgen sprang ich aufgeregt aus dem Bett, fuhr mir mit der Bürste durchs Haar und lief eilig nach unten zum Frühstück.

Mark folgte mir dicht auf den Fersen die Treppe hinunter. Er trug dieselbe Jeans wie am Tag zuvor und ein rot-schwarzes *Nirwana*-T-Shirt. Er hatte sich noch nicht einmal die Haare gekämmt. Sie standen hinten senkrecht in die Höhe.

»Pfannkuchen!«, brachte er mit Mühe heraus. So früh am Morgen kann er nicht mehr als ein einzelnes Wort auf einmal sagen.

Doch dieses Wort besserte meine Laune augenblicklich auf und ließ mich für einen Moment die unheimlichen Vogelscheuchen vergessen.

Wie konnte ich bloß Oma Miriams unübertreffliche Pfannkuchen mit Schokoflocken vergessen?

Sie sind so zart, dass sie einem buchstäblich auf der Zunge zergehen. Und die Mischung aus warmer Schokolade und Ahornsirup macht sie zum leckersten Frühstück, das ich jemals gegessen habe.

Als wir quer durchs Wohnzimmer eilig auf die Küche zusteuerten, sog ich schnuppernd die Luft ein, in der Hoffnung, den wunderbaren Duft frischer Pfannkuchen zu riechen.

Aber meine Nase war zu verstopft, um irgendetwas zu riechen.

Mark und ich platzten gleichzeitig in die Küche. Opa Kurt und Stanley saßen bereits am Tisch.

Eine große blaue Kaffeekanne stand dampfend vor ihnen.

Stanley schlürfte seinen Kaffee. Opa Kurt hatte das Gesicht hinter der Morgenzeitung vergraben. Als Mark und ich hereinkamen, sah er darüber hinweg und lächelte uns entgegen.

Wir wünschten uns alle gegenseitig einen guten Morgen.

Mark und ich nahmen unsere Plätze am Tisch ein. Wir waren so heiß auf die berühmten Pfannkuchen, dass wir uns buchstäblich die Hände rieben, wie das Zeichentrickfiguren gerne tun.

Stell dir bloß mal unseren Schock vor, als Oma Miriam eine große Schüssel mit Cornflakes vor uns hinstellte.

Ich brach fast in Tränen aus.

Ich schaute über den Tisch zu Mark hinüber. Er erwiderte meinen Blick. Sein Gesicht zeigte Überraschung – und Enttäuschung. »Cornflakes?«, fragte er mit schriller Stimme.

Oma Miriam war zur Spüle zurückgekehrt. Ich wandte mich zu ihr um. »Oma Miriam – keine Pfannkuchen?«, fragte ich bescheiden.

Ich sah, wie sie Stanley einen Blick zuwarf. »Ich habe mir abgewöhnt sie zu machen, Jodie«, antwortete sie, und ihre Augen ruhten immer noch auf Stanley. »Pfannkuchen machen dick.«

»Es geht doch nichts über eine ordentliche Portion Cornflakes am Morgen«, sagte Stanley mit einem breiten Lächeln. Er langte nach der Cornflakespackung, die in der Mitte des Tisches stand, und schüttete sich eine zweite Portion in seine Schale.

Opa Kurt brummelte hinter der Zeitung.

»Nun macht schon – esst sie, bevor sie schlabbrig werden«, drängte uns Oma Miriam von der Spüle her.

Mark und ich starrten einander an. Letzten Sommer hatte uns Oma Miriam noch jeden Morgen große Stapel Pfannkuchen mit Schokoflocken gemacht!

Was ist hier bloß los?, fragte ich mich schon wieder einmal.

Plötzlich fiel mir wieder ein, wie mir Sticks am Tag zuvor draußen im Maisfeld zugeflüstert hatte: »Hier hat sich einiges verändert.«

Ganz bestimmt hatte sich einiges verändert. Und nicht zum Besseren, wie ich fand.

Mein Magen knurrte. Also nahm ich den Löffel und begann meine Cornflakes zu essen. Ich sah, wie Mark missmutig seine löffelte. Und dann fielen mir plötzlich die zuckenden Vogelscheuchen wieder ein.

»Opa Kurt …«, begann ich. »Gestern Nacht haben Mark und ich … wir haben zum Fenster hinaus auf die Maisfelder geguckt und die Vogelscheuchen gesehen. Sie bewegten sich. Wir …«

Ich hörte, wie Oma Miriam hinter uns ein leises Keuchen ausstieß.

Opa Kurt senkte die Zeitung und sah mich mit zusammengekniffenen Augen an, sagte aber kein Wort.

»Die Vogelscheuchen bewegten sich!«, schloss sich Mark mir an.

Stanley kicherte. »Das war der Wind«, sagte er, seine Augen auf Opa Kurt gerichtet. »Es muss der Wind gewesen sein, der sie herumgeweht hat.«

Opa Kurt blickte Stanley an. »Bist du sicher?«, wollte er wissen.

»Klar, der Wind«, wiederholte Stanley angespannt.

»Aber sie haben versucht von ihren Pfosten loszukommen!«, rief ich. »Wir haben sie dabei beobachtet!«

Opa Kurt starrte Stanley herausfordernd an.

Stanleys Ohren färbten sich rot. Er senkte die Augenlider. »Es war eine windige Nacht«, sagte er. »Sie bewegten sich im Wind.«

»Das wird heute ein sonniger Tag«, sagte Oma Miriam fröhlich von der Spüle her.

»Aber die Vogelscheuchen…«, Mark ließ nicht locker.

»Ja. Sieht wirklich nach einem wunderschönen Tag aus«, murmelte Opa Kurt, ohne Mark zu beachten.

Er will nicht über die Vogelscheuchen reden, stellte ich fest.

Glaubt er uns etwa nicht?

Opa Kurt wandte sich an Stanley. »Wenn du die Kühe auf die Weide getrieben hast, kannst du vielleicht mit Jodie und Mark unten am Bach ein bisschen angeln.«

»Hört sich gut an«, sagte Mark. Mark geht gerne zum Angeln. Das ist eine seiner Lieblingssportarten, weil man sich dabei nicht allzu viel bewegen muss.

Hinter der Kuhweide, am Ende von Opa Kurts Farm, gibt es einen wirklich schönen Platz an einem kleinen Bachlauf. Es ist sehr waldig an der Stelle und der schmale Bach plätschert dort munter unter den schattigen Bäumen dahin. Normalerweise wimmelt es darin nur so von Fischen.

Während ich fertig aß, wandte ich mich zu Oma Miriam an der Spüle um. »Und was wirst du heute machen?«, fragte ich sie. »Vielleicht können wir gemeinsam etwas unternehmen …«

Ich stockte, als sie sich mir zuwandte und ich ihre Hand zu sehen bekam.

»Ohhhh.« Ich stöhnte entsetzt auf. Sie … sie war aus Stroh!

7

»Jodie – was ist los?«, wollte Oma Miriam wissen.

Da schaute ich genauer hin und sah, dass ihre Hand gar nicht aus Stroh war – sie hatte nur eine Spülbürste in der Hand.

Sie hielt sie am Griff und zupfte Fusseln zwischen den Borsten heraus.

»Nichts«, sagte ich und kam mir wie ein Vollidiot vor. Ich rieb mir die Augen. »Ich muss meine Tropfen gegen die Allergie nehmen«, erklärte ich ihr. »Meine Augen tränen schrecklich. Ich bilde mir dauernd ein, Dinge zu sehen!«

Überall, wo ich hinguckte, sah ich Vogelscheuchen!

Ich schalt mich selbst dafür, dass ich mich so verrückt aufführte.

Hör auf an Vogelscheuchen zu denken, sagte ich mir eindringlich. Stanley hatte recht. Die Vogelscheuchen hatten sich gestern Nacht im Wind bewegt.

Es war nur der Wind.

Später am Morgen ging Stanley mit uns zum Angeln. Als wir zu dem kleinen Flusslauf aufbrachen, schien er recht gut gelaunt zu sein. Er lächelte vor sich hin, während er den großen Picknickkorb, in den Oma Miriam uns das Mittagessen gepackt hatte, hin und her schwenkte.

»Sie hat alle meine Leibspeisen eingepackt«, sagte Stanley fröhlich. In kindlicher Zufriedenheit klopfte er auf den Korb.

Unter den linken Arm hatte er drei Bambusangelruten geklemmt. Den großen Strohkorb trug er in der rechten Hand. Er weigerte sich Mark und mich irgendetwas tragen zu lassen.

Die warme Luft duftete würzig süß. Die Sonne lachte vom wolkenlos blauen Himmel herab. Grashalme, die nach dem Mähen vor Kurzem liegen geblieben waren, blieben an meinen weißen Turnschuhen kleben, als wir den Garten hinterm Haus durchquerten.

Die Tropfen hatten geholfen. Meinen Augen ging es schon viel besser.

Direkt hinter der Scheune bog Stanley ab und marschierte mit raschen Schritten an deren Rückwand entlang. Sein Gesichtsausdruck wurde feierlich. Er schien sich intensiv auf etwas zu konzentrieren.

»He, wo gehen wir denn hin?«, rief ich und legte einen Zahn zu, um mit ihm Schritt zu halten.

Aber er schien mich gar nicht zu hören. Er schwang den Picknickkorb beim Gehen und steuerte mit großen Schritten auf das Wohnhaus zu.

»He, wartet auf mich!«, rief Mark außer Atem. Mein Bruder hasst es, sich beeilen zu müssen, wenn er sich eigentlich Zeit lassen könnte.

»Stanley … warte!«, rief ich und zerrte an seinem Hemdsärmel. »Wir marschieren ja im Kreis herum!«

Er nickte. Sein Gesicht unter der schwarzen Baseballkappe hatte einen ernsten Ausdruck. »Wir müssen dreimal um die Scheune herumlaufen«, sagte er mit gedämpfter Stimme.

»Warum das?«, wollte ich wissen.

Wir begannen unsere zweite Runde.

»Das bringt uns Glück beim Angeln«, antwortete Stanley. Dann fügte er hinzu: »Das steht in dem Buch. Alles steht in dem Buch.«

Ich wollte schon sagen, dass das wirklich Blödsinn sei. Doch dann entschloss ich mich, es bleiben zu lassen. Er schien sein Buch des Übernatürlichen schrecklich ernst zu nehmen und ich wollte ihm die Freude daran nicht verderben. Außerdem tat Mark und mir ein bisschen Laufen ganz gut.

Kurze Zeit später beendeten wir unsere dritte Runde und gingen den Trampelpfad entlang, der zwischen den Maisfeldern hindurch zum Flusslauf hinunterführte. Nun erschien Stanleys Lächeln wieder auf seinem Gesicht.

Er glaubt wirklich an das übernatürliche Zeug in diesem Buch, stellte ich fest.

Ich fragte mich, ob Sticks wohl ebenfalls daran glaubte.

»Wo ist Sticks eigentlich?«, fragte ich und kickte einen großen Erdklumpen vor mir her.

»Der erledigt seine Arbeit«, antwortete Stanley. »Sticks ist ein guter Arbeiter. Ein wirklich guter Arbeiter. Aber ich wette, er stößt bald zu uns. Sticks lässt nicht gerne einen Angelausflug sausen.«

Langsam spürte ich die Sonne ziemlich kräftig auf

dem Gesicht und den Schultern. Ich überlegte, ob ich zurücklaufen und Sonnencreme holen sollte.

Die dunkel gekleideten Vogelscheuchen schienen mir nachzustarren, als wir an den Reihen hoher Maispflanzen entlanggingen. Ich hätte schwören können, dass sich ihre blassen, bemalten Gesichter umwandten, um mir nachzublicken, wenn ich an ihnen vorbeischritt.

Und hob nicht eine von ihnen den Arm, um uns mit ihrer Strohhand zuzuwinken?

Ich schimpfte mich selbst wegen meiner dummen Gedanken und wandte den Blick ab.

Hör auf dir Gedanken über Vogelscheuchen zu machen, Jodie!, ermahnte ich mich.

Vergiss deine Albträume. Vergiss die doofen Vogelscheuchen.

Heute ist ein herrlicher Tag, und es gibt nichts, worüber du dir Sorgen machen müsstest. Versuche dich zu entspannen und wohlzufühlen.

Hinter dem Maisfeld führte der Pfad in ein Wäldchen mit hohen Kiefern. Es wurde schattig und viel kühler, als wir den Wald betraten.

»Können wir uns für den Rest des Weges nicht ein Taxi nehmen?«, jammerte Mark. Einer von Marks typischen Witzen. Er würde sich wirklich ein Taxi nehmen, wenn es hier eines gäbe!

Stanley schüttelte den Kopf. »Stadtkinder«, murmelte er und grinste.

Der Pfad endete und wir gingen zwischen den Bäumen hindurch weiter. Es duftete nach Kiefern und frischem Holz. Ich sah ein kleines, braun-weiß gestreiftes Eichhörnchen in einen hohlen Baumstamm huschen.

Gar nicht weit entfernt hörte ich das Plätschern des Baches.

Plötzlich blieb Stanley stehen. Er bückte sich und hob einen Kiefernzapfen auf.

Die drei Angelruten fielen zu Boden. Aber das schien er gar nicht zu bemerken. Er hielt sich den Kiefernzapfen dicht vors Gesicht und untersuchte ihn aufmerksam.

»Ein Kiefernzapfen im Schatten kündigt einen langen Winter an«, sagte er, während er den trockenen Zapfen in seiner Hand hin und her drehte.

Mark und ich bückten uns, um die Angelruten aufzuheben. »Steht das in dem Buch?«, fragte Mark.

Stanley nickte. Er legte den Kiefernzapfen behutsam dorthin zurück, wo er ihn gefunden hatte.

»Der Zapfen ist noch klebrig. Das ist ein gutes Zeichen«, sagte er mit ernster Miene.

Mark entschlüpfte ein Gluckslaut. Mir war klar, dass er sich große Mühe gab, nicht über Stanley zu lachen. Aber ein Kichern konnte er doch nicht ganz unterdrücken.

Stanleys große braune Augen zeigten, dass ihn das verletzte. »Das stimmt alles, Mark«, sagte er leise. »Das ist alles wahr.«

»Ich… ich würde das Buch gerne einmal lesen«, sagte Mark und warf mir einen Blick zu.

»Es ist ein sehr schwieriges Buch«, erwiderte Stanley. »Mit manchen Wörtern habe ich so meine Probleme.«

»Ich kann den Bach hören«, unterbrach ich die beiden, um das Thema zu wechseln. »Nichts wie los jetzt!

Ich möchte meinen ersten Fisch noch vor dem Mittagessen fangen.«

Das klare Wasser fühlte sich kalt an meinen Beinen an. Die glatten Steine des Bachbettes unter meinen nackten Füßen waren schlüpfrig.

Wir waren alle drei in den seichten Wasserlauf gewatet. Mark hatte sich zum Angeln eigentlich ans grasbewachsene Ufer legen wollen. Aber ich überzeugte ihn, dass es viel mehr Spaß machte – und dass man viel leichter etwas fing –, wenn man im Wasser stand.

»Klar werde ich was fangen«, maulte er, während er die Hosenbeine seiner Jeans hochkrempelte. »Eine Lungenentzündung werde ich mir einfangen!«

Stanley lachte laut auf. Zumindest klang es so.

Er stellte den Picknickkorb bedächtig ins trockene Gras. Die Hand mit der Angelrute hocherhoben, stieg er ins Wasser.

»Ooooh! Ist das kalt!«, schrie er, fuchtelte mit den Armen durch die Luft und verlor auf den rutschigen Steinen beinahe das Gleichgewicht.

»Stanley – hast du nicht etwas vergessen?«, rief ich.

Er drehte sich verwirrt um. Seine großen Ohren färbten sich knallrot. »Was habe ich vergessen, Jodie?«

Ich deutete auf die Angel. »Wie wär's mit einem Köder?«

Er glotzte auf den leeren Haken am Ende der Schnur. Dann stapfte er zum Ufer zurück, um sich einen Wurm als Köder für seinen Haken zu holen.

Ein paar Minuten später waren wir alle drei im Wasser. Mark jammerte eine Zeit lang, wie kalt das Wasser sei und dass die Steine seinen empfindlichen kleinen Füßen wehtäten.

Aber nach einer Weile hatte auch er seinen Spaß daran.

Der Bach war an dieser Stelle nur einen guten halben Meter tief. Das Wasser war klar, floss schnell dahin und über dem steinigen Untergrund bildeten sich kleine Wirbel und Strudel.

Ich warf die Angel aus und beobachtete den roten Plastikschwimmer, der auf der Wasseroberfläche tanzte. Wenn er zu sinken begann, würde ich wissen, dass etwas angebissen hatte.

Die Sonne wärmte mein Gesicht. Das kühle Wasser, das meine Beine umfloss, tat gut. Ich wünschte, es wäre hier tief genug, um schwimmen zu können.

»He! Ich habe etwas!«, schrie Mark aufgeregt.

Stanley und ich drehten uns zu ihm und sahen zu, wie er die Schnur einholte.

Mark zog mit aller Kraft. »Es… es ist ein Großer, glaub ich«, sagte er.

Schließlich zog er noch einmal richtig heftig – und holte einen großen Klumpen Algen aus dem Wasser.

»Gut gemacht, Mark«, sagte ich und verdrehte die Augen. »Ein wirklich Großer, das stimmt.«

»Du bist ein Großer«, gab Mark zurück. »Ein großer Trottel.«

»Sei bloß nicht kindisch«, maulte ich.

Ich verscheuchte eine Mücke und gab mir Mühe, mich auf meine Angelschnur zu konzentrieren. Doch meine Gedanken begannen ziellos umherzuwandern.

Ich ertappte mich dabei, wie ich über die großen

Vogelscheuchen auf dem Feld nachdachte. Die standen da so düster, so bedrohlich, so wachsam. Ihre aufgemalten Gesichter hatten alle denselben finsteren Ausdruck.

Ich hatte sie noch immer lebhaft vor Augen, als ich eine Hand spürte, die nach meinem Knöchel griff.

Die Strohhand einer Vogelscheuche.

Sie kam aus dem Wasser, glitt um meinen Knöchel herum und dann wurde ihr kalter, nasser Griff um mein Bein immer fester.

8

Ich schrie und versuchte mich loszustrampeln.

Aber meine Füße rutschten auf den glatten Steinen aus. Meine Hände schossen in die Luft, als ich rückwärtstaumelte.

»Ohh!«, schrie ich laut, als ich im Wasser landete.

Die Vogelscheuche ließ nicht los.

Ich lag auf dem Rücken, das Wasser rauschte über mich hinweg, und ich schlug mit den Armen wild um mich.

Und dann sah ich es. Das Algenbüschel, das sich um meinen Knöchel geschlungen hatte.

»O nein«, stöhnte ich laut auf.

Keine Vogelscheuche. Nur Grünzeug.

Ich senkte den Fuß ins Wasser und bewegte mich nicht. Ich blieb einfach auf dem Rücken liegen, wartete darauf, dass mein Herz aufhören würde, wie wild zu schlagen, und kam mir wieder einmal wie ein Vollidiot vor.

Ich blickte zu Mark und Stanley hoch. Sie glotzten zu mir herunter und waren viel zu verdattert, um zu lachen.

»Sagt jetzt kein Wort«, warnte ich sie und bemühte

mich, wieder auf die Beine zu kommen. »Ich warne euch – sagt bloß kein Wort.«

Mark kicherte, sagte aber folgsam kein Wort.

»Ich habe kein Handtuch mitgebracht«, sagte Stanley. »Tut mir leid, Jodie. Ich wusste nicht, dass du schwimmen wolltest.«

Das veranlasste Mark in schallendes Gelächter auszubrechen.

Ich warf ihm einen warnenden Blick zu. Mein T-Shirt und die Shorts waren klatschnass. Ich stapfte zum Ufer und trug die Angelrute beschämt vor mir her.

»Ich brauche kein Handtuch«, erklärte ich Stanley. »Es fühlt sich gut an. Sehr erfrischend.«

»Du hast alle Fische verscheucht, Jodie«, beschwerte sich Mark.

»Nein. *Du* hast sie verscheucht. Sie haben dein Gesicht gesehen!«, erwiderte ich. Mir war klar, dass ich mich jetzt kindisch benahm. Doch das war mir egal. Mir war kalt und ich war nass und wütend.

Ich stapfte die Uferböschung hoch und schüttelte mir das Wasser aus den Haaren.

»Ich glaube, hier unten beißen sie besser«, hörte ich Stanley Mark zurufen.

Als ich mich umwandte, sah ich, wie er hinter einer Biegung des Baches verschwand.

Vorsichtig auf die Steine tretend folgte Mark ihm nach. Dann waren sie beide hinter den dichten Bäumen nicht mehr zu sehen.

Ich wrang die Haare aus, um das Wasser herauszubekommen. Schließlich gab ich auf und warf das Haar über die Schulter.

Ich überlegte noch, was ich als Nächstes tun sollte, als ich aus dem Wald ein Rascheln hörte.

Ein Schritt?

Ich wandte mich um und starrte in Richtung der Bäume, konnte aber niemanden entdecken.

Ein Streifenhörnchen huschte über den mit toten, braunen Blättern bedeckten Boden. Hatte jemand – oder etwas – das Eichhörnchen erschreckt?

Angestrengt lauschte ich. Schon wieder ein knisternder Schritt. Rascheln.

»Wer … wer ist da?«, rief ich.

Das Unterholz raschelte zur Antwort.

»Sticks – bist du das?«, rief ich. Meine Stimme zitterte.

Keine Antwort.

Es *muss* Sticks sein, redete ich mir zu. Das war Opa Kurts Land. Niemand sonst würde hierherkommen.

»Sticks – hör auf damit, mir Angst einjagen zu wollen!«, schrie ich wütend.

Keine Antwort.

Noch ein Schritt. Das Knacken eines Zweiges.

Wieder ein Rascheln. Dieses Mal näher.

»Sticks – ich weiß, dass du das bist!«, rief ich unsicher. »Ich hab die Nase voll von deinen blöden Streichen. Sticks?«

Meine Augen waren starr auf die Bäume gerichtet.

Ich lauschte. Nun herrschte Stille.

Tiefe Stille.

Und dann presste ich eine Hand vor den Mund, als ich die dunkle Gestalt sah, die aus dem Schatten zweier großer Kiefern hervorlugte.

»Sticks …?«

Ich blinzelte in den dunkelblauen Schatten hinein und sah den ausgebeulten, schwarzen Mantel. Den verblassten Rupfenkopf. Den dunklen Filzhut, der über die schwarzen aufgemalten Augen hing. Ich sah das Stroh, das unter dem Mantel hervorschaute. Das Stroh, das aus den langen Mantelärmeln heraushing.

Eine Vogelscheuche.

Eine Vogelscheuche, die uns gefolgt war? Die uns bis zum Bach nachgeschlichen war?

Während ich angestrengt in den Schatten blinzelte und dem bösen, eingefrorenen Grinsen entgegensah, öffnete ich den Mund, um zu schreien – aber ich brachte keinen Ton heraus.

9

Und dann packte mich eine Hand an der Schulter.

»Oh!« Ich stieß einen Schrei aus und fuhr herum.

Stanley starrte mir besorgt entgegen. Er und Mark waren zurückgekommen und standen nun hinter mir.

»Jodie, was ist mit dir?«, fragte Stanley. »Mark und ich… wir dachten, wir hätten dich schreien gehört.«

»Was ist los?«, fragte Mark beiläufig. Die Schnur seiner Angel hatte sich verheddert, und er war damit beschäftigt, sie wieder zu entwirren. »Hast du ein Eichhörnchen oder so was gesehen?«

»Nein… ich… ich…« Mein Herz wummerte so heftig, dass ich kaum sprechen konnte.

»Reg dich ab, Jodie«, sagte Mark, mich nachäffend.

»Ich habe eine Vogelscheuche gesehen!«, brachte ich schließlich mit bebender Stimme heraus.

Stanley blieb vor Erstaunen der Mund offen stehen.

Mark kniff die Augen zusammen und sah mich misstrauisch an. »Eine Vogelscheuche? Hier zwischen den Bäumen?«

»Sie… sie ging«, stotterte ich. »Ich hab sie gehört. Ich hörte sie gehen.«

Aus Stanleys Mund drang ein erstickter Laut.

Mark hörte nicht auf mich anzustarren. Sein Gesicht war vor Angst verzerrt.

»Sie ist da drüben!«, flüsterte ich. »Genau dort! Seht nur!«

Ich zeigte in die Richtung.

Aber sie war verschwunden.

10

Stanley starrte mich unverwandt an. Seine großen braunen Augen spiegelten seine Verwirrung wider.

»Ich hab sie gesehen«, sagte ich hartnäckig. »Zwischen diesen beiden Bäumen.« Noch einmal zeigte ich in die Richtung.

»Das hast du? Eine Vogelscheuche? Wirklich?«, wollte Stanley wissen. Mir wurde klar, dass er es langsam, aber sicher mit der Angst bekam.

»Na ja ... vielleicht war es ja auch nur ein Schatten«, sagte ich. Ich wollte Stanley keinen Schrecken einjagen.

Mich fröstelte. »Ich bin nass bis auf die Knochen. Ich muss zurück in die Sonne«, erklärte ich ihm.

»Aber du hast sie gesehen?«, fragte Stanley, und seine großen Augen hingen an meinen. »Du hast hier eine Vogelscheuche gesehen, Jodie?«

»Ich ... ich glaube nicht, Stanley«, antwortete ich und versuchte ihn zu beruhigen. »Es tut mir leid.«

»Das ist sehr übel«, murmelte er vor sich hin. »Das ist ganz übel. Ich muss in meinem Buch nachsehen. Das ist ganz schlecht.« Dann drehte er sich, immer noch vor sich hin murmelnd, um und rannte los.

»Stanley – bleib stehen!«, rief ich. »Stanley – komm zurück. Lass uns nicht alleine hier!«

Doch er war schon fort. Zwischen den Bäumen verschwunden.

»Ich gehe ihm nach«, sagte ich zu Mark. »Und dann werde ich Opa Kurt alles erzählen. Kannst du die Angeln alleine zurücktragen?«

»Das ist gemein! Immer ich!«, jammerte Mark.

Ich machte ihm klar, dass es nicht anders ging. Dann rannte ich den Pfad entlang durch den Wald in Richtung Farmhaus.

Mein Herz hämmerte, als ich das Maisfeld erreichte. Die Vogelscheuchen in ihren dunklen Mänteln schienen mich anzustarren. Während ich den engen Feldweg entlangtrabte, stellte ich mir vor, wie sich ihre Stroharme nach mir ausstreckten, um mich zu packen und in den Mais zu ziehen.

Doch die Vogelscheuchen hielten nur still und leise Wacht über die Maispflanzen. Sie bewegten sich nicht und zuckten noch nicht einmal, als ich an ihnen vorbeidüste.

Ein Stück vor mir sah ich Stanley auf sein kleines Haus zulaufen. Ich legte meine Hände wie ein Megafon um den Mund und rief ihm nach, doch er verschwand im Inneren des Hauses.

Ich beschloss Opa Kurt zu suchen und ihm von der Vogelscheuche zu erzählen, die ich im Wald unten am Bach gesehen hatte.

Das Scheunentor stand offen und ich glaubte jemanden darin herumgehen zu sehen. »Opa Kurt?«, rief ich atemlos. »Bist du da drin?«

Meine nassen Haare klebten mir im Nacken, als ich in die Scheune lief. Ich stand in dem Lichtrechteck, das durch das Tor hereinfiel, und starrte in die Dunkelheit. »Opa Kurt?«, rief ich und rang nach Atem.

Langsam gewöhnten sich meine Augen an das dämmerige Licht. Ich ging weiter in die Scheune hinein. »Opa Kurt? Bist du hier?«

Als ich ein scharrendes Geräusch am anderen Ende der Scheune hörte, steuerte ich darauf zu. »Opa Kurt – kann ich mit dir reden? Ich muss unbedingt mit dir sprechen!« In der großen, dunklen Scheune hörte sich meine Stimme verloren und ängstlich an. Meine Turnschuhe schrappten über das trockene Stroh am Boden, als ich auf die Rückwand zuging.

Ich fuhr herum, als ich ein Rumpeln hörte.

Das Licht wurde schwächer.

»He!«, schrie ich. Zu spät.

Das Scheunentor schloss sich.

»Wer ist da?«, schrie ich verblüfft und wütend. »He ... stopp!«

Ich schlitterte über das Stroh, als ich auf das sich schließende Scheunentor zurannte. Ich schlug heftig hin, rappelte mich aber sofort wieder hoch.

Ich eilte zum Tor. Doch ich war nicht schnell genug.

Während sich das schwere Tor rumpelnd schloss, wurde das Lichtrechteck schmaler und schmaler.

Mit einem ohrenbetäubenden Krachen fiel das Tor ins Schloss.

Die Dunkelheit wurde dichter, erfasste mich und hüllte mich ein.

»He … lasst mich raus!«, brüllte ich. »Lasst mich hier raus!«

Mein Schrei endete in einem erstickten Schluchzen.

Mit beiden Fäusten hämmerte ich gegen das hölzerne Scheunentor. Dann fuhr ich von Panik ergriffen mit den Händen über die glatte Fläche und suchte blindlings nach einer Klinke, nach irgendetwas, woran ich ziehen konnte – nach irgendeiner Möglichkeit, das Tor aufzubekommen.

Als ich nichts entdecken konnte, hämmerte ich dagegen, bis mir die Fäuste wehtaten.

Dann hörte ich auf und trat einen Schritt zurück.

Beruhige dich, Jodie, redete ich mir selbst gut zu. Beruhige dich. Du wirst aus der Scheune herauskommen. Du wirst einen Weg finden. Es ist ja nicht so, dass du hier für immer eingesperrt bist.

Ich gab mir Mühe, meine Panik abzuschütteln. Als Erstes hielt ich den Atem an und wartete darauf, dass mein Herz aufhören würde, wie wild zu schlagen. Dann atmete ich langsam aus. Ganz laaangsaam.

Gerade als ich anfing mich wieder ein bisschen besser zu fühlen, hörte ich ein schrappendes Geräusch.

Ein trockenes Rascheln. Das Geräusch eines Schuhs, der Stroh niedertrat.

»Oh!« Ich ließ einen spitzen Schrei los. Dann hielt ich beide Hände vors Gesicht und lauschte.

Schrapp. Schrapp. Schrapp.

Das Geräusch von Schritten. Langsamen, gleichmäßigen Schritten, die sich leichtfüßig über den Scheunenboden bewegten.

Schritte, die in der Dunkelheit auf mich zukamen.

11

»Wer… wer ist da?«, brachte ich mit Mühe heraus. Meine Stimme war nur ein heiseres Flüstern.

Keine Antwort.

Schrapp. Schrapp. Schrapp.

Die leisen, scharrenden Schritte kamen näher.

»Wer ist da?«, flüsterte ich nochmals.

Wieder keine Antwort.

Ich starrte in die Dunkelheit. Aber ich konnte nicht das Geringste erkennen.

Schrapp. Schrapp.

Wer – oder was – auch immer das war, es kam unaufhaltsam auf mich zu.

Ich trat einen Schritt zurück. Dann noch einen.

Ich versuchte zu schreien, doch meine Kehle war vor Angst wie zugeschnürt.

Entsetzt keuchte ich auf, als ich mit dem Rücken gegen irgendetwas stieß. In meiner Panik brauchte ich einige Sekunden, bis ich begriff, dass das nur eine Holzleiter war. Die Leiter, die zum Heuboden hinaufführte.

Die Schritte kamen raschelnd näher. Und näher.

»Bitte…«, flehte ich mit leiser, erstickter Stimme. »Bitte… nicht…«

Näher. Näher. Sie schrappten durch die undurchdringliche Dunkelheit auf mich zu.

Ich packte die Leiter mit beiden Händen. »Bitte ... lass mich in Ruhe!«

Bevor ich es selbst richtig mitbekam, schob ich mich die Leiter hoch. Meine Arme zitterten, und meine Beine fühlten sich an, als würde jedes von ihnen tausend Pfund wiegen.

Aber ich kraxelte Sprosse für Sprosse auf den Heuboden zu, weg von den entsetzlichen, schrappenden Schritten unter mir.

Als ich oben ankam, legte ich mich flach auf den Bauch und lauschte angestrengt, um die Schritte trotz meines heftigen Herzklopfens zu hören.

Wurde ich verfolgt? Kam das Wesen ebenfalls die Leiter hinauf, mir hinterher?

Ich hielt den Atem an und lauschte.

Scharrende Geräusche. Schrappende Schritte.

»Hau ab!«, brüllte ich wütend. »Wer immer du bist – hau ab!«

Doch die Geräusche waren immer noch zu hören, trocken und raschelnd. Wie Stroh, das gegen Stroh reibt.

Auf den Knien drehte ich mich zu dem kleinen, rechteckigen Fenster des Heubodens um. Durch die Öffnung fiel Sonnenlicht herein. Das Licht ließ das Heu, das verstreut auf dem Boden lag, wie dünne Goldfäden glänzen.

Mein Herz hämmerte noch immer wie verrückt, als ich auf das Fenster zukroch.

Ja! Das Seil hing noch immer daneben. Das Seil, das

Mark und ich immer dazu benutzt hatten, um uns von hier aus zum Boden hinunterzulassen.

Ich kann hier raus!, sagte ich mir glücklich.

Ich kann das Seil packen und mich vom Heuboden nach draußen schwingen. Ich kann entkommen!

Aufgeregt packte ich das Seil mit beiden Händen.

Dann streckte ich den Kopf aus dem Fenster und schaute hinunter.

Und stieß vor Schreck und Überraschung einen Schrei aus.

12

Als ich nach unten blickte, sah ich einen schwarzen Hut und darunter einen schwarzen Mantel.

Eine Vogelscheuche. Vor dem Scheunentor aufgestellt. Als würde sie Wache halten.

Sie zuckte mit Armen und Beinen, als ich schrie.

Und während ich ungläubig hinunterstarrte, eilte sie, auf ihren Strohbeinen humpelnd und mit herunterhängenden Armen, um die Ecke der Scheune herum.

Ich blinzelte ein paar Mal.

Bildete ich mir jetzt schon wieder nur etwas ein?

Meine Hände waren kalt und schweißnass. Ich packte das Seil noch fester, holte tief Luft und schob mich durch das kleine rechteckige Fenster hinaus.

Das schwere Seil klatschte gegen die Außenwand der Scheune.

Hinunter, hinunter. Ich landete hart auf den Füßen.

»Au!«, schrie ich, weil das Seil in meine Hände schnitt.

Ich ließ es los und rannte um die Ecke der Scheune herum.

Ich wollte die Vogelscheuche einholen, wollte sehen, ob es wirklich eine Vogelscheuche war – eine Vogelscheuche, die laufen konnte.

Ohne mich um meine Angst zu kümmern, rannte ich, so schnell ich konnte.

Doch auf dieser Seite der Scheune war nichts von ihr zu sehen.

Ich bekam Seitenstechen. Meine Schläfen pochten.

Ich bog um die Ecke zur Rückseite der Scheune, um die fliehende Vogelscheuche aufzuspüren.

Und ich rannte direkt in Sticks hinein!

»He…« Wir schrien beide überrascht auf, als wir zusammenprallten.

Wütend machte ich mich von ihm los. Als ich an ihm vorbeiblickte, stellte ich fest, dass die Vogelscheuche verschwunden war.

»Warum so eilig?«, wollte Sticks wissen. »Du hast mich buchstäblich über den Haufen gerannt!«

Er trug eine verwaschene Jeans, die an beiden Knien aufgerissen war, und ein verwaschenes purpurrotes Muskel-T-Shirt, das nur noch deutlicher zeigte, wie knochig er war. Seine schwarzen Haare hatte er zu einem kleinen Pferdeschwanz zusammengebunden.

»Eine… eine Vogelscheuche!«, stotterte ich.

Und dann – in diesem Augenblick – wusste ich Bescheid.

In diesem Augenblick löste ich das ganze Geheimnis um die Vogelscheuchen.

13

Es war keine Vogelscheuche gewesen.

Sondern Sticks.

In dem Wäldchen unten am Bach. Und jetzt eben vor der Scheune.

Sticks, der wieder einmal einen seiner bösartigen Streiche spielte.

Und plötzlich war ich mir sicher, dass Sticks gestern irgendwie dafür gesorgt hatte, dass die Vogelscheuchen gezuckt und an ihren Pfählen gerüttelt hatten.

Sticks tat nichts lieber, als die »Stadtkinder« hereinzulegen. Schon als Mark und ich noch klein waren, spielte er uns die schauerlichsten und gemeinsten Streiche. Manchmal konnte Sticks ein netter Junge sein. Aber er hatte eine grausame Ader.

»Ich dachte, ihr seid beim Angeln«, sagte er beiläufig.

»Nein, bin ich nicht«, schnauzte ich. »Sticks, warum versuchst du ständig uns Angst einzujagen?«

»Was ist?« Er tat so, als würde er überhaupt nicht wissen, wovon ich redete.

»Jetzt tu bloß nicht so«, maulte ich. »Ich weiß, dass du gerade eben die Vogelscheuche gespielt hast. Ich bin doch nicht doof!«

»Vogelscheuche? Was für eine Vogelscheuche?«, fragte er und guckte mich mit großen Augen an.

»Du hast dich als Vogelscheuche verkleidet«, warf ich ihm vor. »Oder du hast eine hergebracht und sie mit Schnüren oder so bewegt.«

»Du bist ja total plemplem«, erwiderte Sticks verärgert. »Bist du zu lange in der Sonne gewesen, oder was?«

»Sticks, hör schon auf«, sagte ich. »Warum tust du das? Warum versuchst du andauernd uns einen Schrecken einzujagen? Deinem Vater hast du auch schon Angst gemacht.«

»Jodie, du tickst nicht ganz richtig!«, rief er aus. »Ich habe wirklich keine Zeit, mich zu verkleiden, nur damit ihr Stadtkinder euren Spaß habt.«

»Sticks, mich legst du nicht herein«, sagte ich hartnäckig. »Du …«

Ich brach ab, als ich sah, wie sich sein Gesichtsausdruck veränderte. »Papa!«, rief er, plötzlich erschrocken. »Papa! Du sagst, er hat Angst gehabt?«

Ich nickte.

»Ich muss ihn finden!«, schrie Sticks aufgebracht. »Er … er könnte etwas Schreckliches anstellen!«

»Sticks, deine Streiche gehen echt zu weit!«, rief ich. »Hör einfach *auf* damit!«

Doch er rannte schon zur Vorderfront der Scheune und rief mit schriller Stimme nach seinem Vater.

Sticks konnte Stanley bis zum Abend nicht finden. Das war auch das nächste Mal, dass ich ihn sah – kurz vor dem Abendessen. Stanley schleppte sein Buch des Übernatürlichen mit sich herum.

»Jodie«, flüsterte er und winkte mich zu sich. Sein Gesicht war gerötet. Seine dunklen Augen glänzten aufgeregt.

»Hi, Stanley«, flüsterte ich verunsichert zurück.

»Erzähle Opa Kurt nichts über die Vogelscheuche«, wisperte Stanley.

»Wie bitte?« Stanleys Bitte kam völlig überraschend für mich.

»Erzähl deinem Opa nichts davon«, wiederholte er. »Das würde ihn nur aufregen. Wir wollen ihm doch keinen Schrecken einjagen, oder?«

»Aber Stanley ...«, begann ich zu protestieren.

Stanley legte einen Finger auf die Lippen. »Sag ihm nichts, Jodie. Dein Opa hat es nicht gern, wenn man ihn aufregt. Ich kümmere mich um die Vogelscheuchen. Ich habe das Buch.« Er klopfte mit seinen Fingern auf das dicke Buch.

Gerade wollte ich Stanley erklären, dass es nur Sticks gewesen war, der uns einen üblen Streich gespielt hatte. Aber Oma Miriam rief uns zu Tisch, bevor ich etwas sagen konnte.

Stanley trug sein Buch des Übernatürlichen zum Tisch. Alle paar Bissen nahm er das Buch hoch und las ein paar Absätze.

Beim Lesen bewegte er die Lippen. Doch ich saß am anderen Ende des Tisches und konnte deshalb kein Wort verstehen.

Sticks hielt die Augen auf seinen Teller gesenkt und sprach kaum ein Wort. Vermutlich war es ihm echt peinlich, dass sein Vater das Buch des Übernatürlichen am Esstisch las.

Doch Opa Kurt und Oma Miriam reagierten nicht im Geringsten überrascht. Sie unterhielten sich gut gelaunt mit Mark und mir und reichten unbekümmert das Essen herum – ganz so, als würden sie Stanleys schlechtes Benehmen gar nicht bemerken.

Ich hätte Opa Kurt wirklich zu gerne davon erzählt, wie Sticks ständig versuchte Mark und mir Angst zu machen. Doch ich entschied mich, auf Stanley zu hören und meinen Großvater nicht aufzuregen.

Außerdem kam ich mit Sticks auch alleine klar, wenn es sein musste. Er hielt sich für einen harten Burschen. Doch ich fürchtete mich nicht ein bisschen vor ihm.

Stanley war immer noch leise vor sich hin murmelnd am Lesen, als Oma Miriam die Teller abräumte. Mark und ich halfen ihr dabei. Dann setzten wir uns wieder auf unsere Plätze und Oma Miriam stellte einen großen Kirschkuchen auf den Tisch.

»Verrückt«, flüsterte Mark mir zu und starrte auf den Kuchen.

Er hatte recht. »Isst Opa Kurt nicht am liebsten Apfelkuchen?«, platzte ich heraus.

Oma Miriam schenkte mir ein aufgesetztes Lächeln. »Für Äpfel ist es dieses Jahr noch zu früh«, murmelte sie.

»Aber ist Opa Kurt nicht allergisch gegen Kirschen?«, fragte Mark.

Oma Miriam begann den Kuchen mit einem silbernen Messer in Stücke zu teilen. »Alle haben Kirschkuchen gerne«, antwortete sie und konzentrierte sich auf ihre Arbeit. Dann blickte sie Stanley an. »Stimmt's nicht, Stanley?«

Stanley grinste über sein Buch hinweg. »Ist mein Lieblingskuchen«, sagte er. »Oma Miriam bringt immer meine Lieblingsspeisen auf den Tisch.«

Nach dem Abendessen weigerte sich Opa Kurt wieder, Mark und mir eine Gruselgeschichte zu erzählen.

Wir saßen vor dem offenen Kamin und blickten in die flackernden gelben Flammen. Obwohl es sehr heiß gewesen war, hatte sich die Luft an diesem Abend so weit abgekühlt, dass wir ein schönes, wärmendes Feuer angezündet hatten.

Opa Kurt saß neben der Feuerstelle in seinem Schaukelstuhl. Der alte Holzstuhl knarrte, während mein Opa bedächtig vor- und zurückschaukelte.

Er hatte es immer gerne gehabt, ins Feuer zu gucken und dabei eine seiner schaurigen Geschichten zu erzählen. Man konnte dann immer sehen, wie sich die hochzüngelnden Flammen in seinen blauen Augen spiegelten. Je schauriger sich die Geschichte entwickelt hatte, desto leiser war seine Stimme immer geworden.

Doch heute Abend zuckte er nur mit den Schultern, als ich ihn nach einer Geschichte fragte. Abwesend starrte er auf den riesigen ausgestopften Bären, der an der gegenüberliegenden Wand auf seinem Podest stand. Dann warf er Stanley quer durchs Zimmer einen Blick zu.

»Ich wünschte, ich würde ein paar gute Geschichten kennen«, antwortete mir Opa Kurt mit einem Seufzer. »Aber mir will einfach keine mehr einfallen.«

Kurze Zeit später trotteten Mark und ich die Treppe

hinauf in unsere Zimmer. »Was ist bloß los mit ihm?«, flüsterte Mark mir zu, während wir nach oben gingen.

Ich schüttelte den Kopf. »Da fragst du mich zu viel.«

»Er kommt mir so … verändert vor«, sagte Mark.

»Das gilt für jeden hier«, pflichtete ich ihm bei. »Außer für Sticks. Er versucht noch immer uns Stadtkindern Angst einzujagen.«

»Wir sollten ihn einfach ignorieren«, schlug Mark vor. »Lass uns so tun, als würden wir gar nicht mitkriegen, dass er in diesem doofen Vogelscheuchenkostüm herumläuft.«

Ich stimmte ihm zu. Dann sagte ich Gute Nacht und steuerte auf mein Zimmer zu.

Ignoriere die Vogelscheuchen, sagte ich mir selbst, während ich die Decken auf meinem Bett in Ordnung brachte.

Ignoriere sie einfach.

Ich werde nicht mehr an die Vogelscheuchen denken, beschloss ich.

Von mir aus kann Sticks in den Bach springen.

Ich legte mich ins Bett und zog mir die Decke bis ans Kinn. Ich lag auf dem Rücken, blickte zu den Rissen an der Zimmerdecke hoch und versuchte herauszufinden, was für ein Bild sie ergaben. Es gab drei gezackte Risse. Ich entschied, dass sie wie Blitze aussahen.

Wenn ich blinzelte, konnte ich sie wie einen alten Mann mit Bart aussehen lassen.

Ich gähnte. Ich war echt müde, konnte aber nicht einschlafen.

Es war erst unsere zweite Nacht auf der Farm, und

ich brauche immer eine Weile, bis ich mich an eine neue Umgebung und ein anderes Bett gewöhnt habe.

Ich schloss die Augen. Durch das geöffnete Fenster konnte ich das gedämpfte Muhen der Kühe vom Stall her hören.

Und ich konnte das Wispern des Windes hören, der durch die hohen Maisstauden strich.

Meine Nase war total verstopft. Wahrscheinlich werde ich heute Nacht schnarchen, dachte ich.

Allerdings nur, falls ich jemals einschlafen sollte!

Ich versuchte es mit Schäfchenzählen. Aber es schien nicht zu funktionieren, also versuchte ich es mit dem Zählen von Kühen. Großen, massigen, wiederkäuenden Kühen, die sich gaaanz laaangsaaam beeweegteen.

Ich zählte bis einhundertzwölf, bevor ich beschloss, dass das auch nichts brachte.

Ich drehte mich zur Seite. Dann, nach ein paar Minuten, versuchte ich es mit der anderen Seite.

Schließlich ertappte ich mich dabei, dass ich mir Gedanken über Shawna, meine beste Freundin, machte. Ich fragte mich, ob Shawna im Ferienlager wohl ihren Spaß haben würde.

Auch über einige andere Freunde dachte ich nach. Die meisten von ihnen hingen den Sommer über einfach so herum, ohne etwas Besonderes zu erleben.

Als ich einen kurzen Blick auf den Wecker warf, stellte ich erstaunt fest, dass es kurz vor zwölf war. Ich *muss* einschlafen, sagte ich mir selbst. Ich bin morgen zu nichts zu gebrauchen, wenn ich nicht bald einschlafen kann.

Ich rollte mich wieder auf den Rücken und zog die Decke erneut bis zum Kinn hoch. Ich schloss die Augen und versuchte mir nichts vorzustellen. Nur leeren, schwarzen Raum. Endlosen, leeren Raum.

Dann hörte ich ein kratzendes Geräusch.

Zuerst ignorierte ich es. Ich dachte, die Vorhänge flatterten vor dem offenen Fenster.

Du musst schlafen, sagte ich mir selbst mit Nachdruck. *Du musst einschlafen.*

Das Kratzen wurde lauter. Und kam näher.

Ich hörte ein Schrappen.

Kam es von draußen vor dem Fenster?

Ich schlug die Augen auf. Schatten tanzten über die Zimmerdecke. Ich hielt den Atem an.

Angestrengt lauschte ich.

Schon wieder ein Schrappen. Und wieder das Kratzen. Ein trockenes Kratzen.

Ich hörte lautes Stöhnen.

Ich schob mich an der Rückwand des Bettes hoch, zog die Decke bis zum Kinn hinauf und hielt sie mit beiden Händen krampfhaft fest.

Noch mehr trockenes Kratzen. Wie Sandpapier, dachte ich.

Plötzlich wurde es dunkler im Zimmer.

Ich sah, wie sich etwas am Fenster hochschob. Eine dunkle Gestalt, die das Mondlicht verdeckte.

»Wer… wer ist da?«, wollte ich rufen. Doch ich brachte nur ein ersticktes Flüstern heraus.

Ich konnte einen schattenhaften Kopf erkennen, der sich schwarz vor dem purpurfarbenen Himmel abhob.

Er schob sich durchs Fenster. Dunkle Schultern. Gefolgt von einer noch dunkleren Brust. Schwarz in Schwarz.

Ein leiser Schatten, der in mein Zimmer schlüpfte.

»H-hilfe!« Wieder nur ein gestottertes Flüstern.

Mein Herz hatte zu schlagen aufgehört. Ich konnte nicht atmen. Konnte einfach nicht atmen.

Das Wesen kroch über das Fensterbrett. Schob die Vorhänge beiseite, als es sich in mein Zimmer schob.

Seine Füße schrappten über die nackten Bodendielen.

Schrapp. Schrapp. Schrapp.

Es bewegte sich unglaublich langsam, aber unaufhaltsam auf mein Bett zu.

Ich versuchte aufzustehen.

Zu spät. Meine Füße verhedderten sich in der Decke.

Ich stürzte zu Boden und landete hart auf den Ellenbogen.

Ich schaute auf und sah es näher kommen.

Ich öffnete meinen Mund, um loszuschreien, als es sich aus dem Schatten löste.

Und dann erkannte ich ihn. Erkannte sein Gesicht.

»Opa Kurt!«, rief ich. »Opa Kurt – was machst du hier? Warum bist du durchs Fenster geklettert?«

Er antwortete nicht. Seine kalten blauen Augen starrten zu mir herunter. Sein ganzes Gesicht verzerrte sich zu einer grässlichen Fratze.

Und dann hob er beide Arme über mir in die Höhe.

Und ich sah, dass er keine Hände hatte.

Strohbündel ragten aus den Ärmeln seiner Jacke.

Nur Stroh.

»Opa – nein!«, kreischte ich.

14

»Opa – *bitte* – *nein*!«, kreischte ich, als er mir seine Stroharme entgegenstreckte.

Er bleckte die Zähne wie ein wütender Hund und stieß ein kurzes, schauriges Knurren aus.

Seine Strohhände senkten sich langsam, aber unaufhaltsam zu mir herunter.

Opa Kurts Gesicht war das, das ich von jeher kannte. Abgesehen davon, dass seine Augen so kalt und tot waren.

Die Strohhände strichen über mein Gesicht, als ich mich hochrappelte. Ich trat einen Schritt zurück und hielt mir die Hände schützend vors Gesicht.

»Opa – was ist los? Was ist passiert?«, flüsterte ich fast unhörbar.

Meine Schläfen pochten. Ich zitterte am ganzen Körper und mir brach der Schweiß aus.

Seine kalten Augen zogen sich vor Wut zusammen, als er wieder nach mir griff.

»Neeeiiin!« Ich stieß einen langen Schrei des Entsetzens aus. Dann drehte ich mich um und stolperte auf die Tür zu.

Seine Füße schrappten über den nackten Boden, als

er auf mich zutaumelte. Ich blickte nach unten und sah, dass auch aus seinen Hosenbeinen das Stroh herausragte.

Seine Füße – sie waren ebenfalls aus Stroh.

»Opa Kurt! Opa Kurt! Was ist geschehen?« War das wirklich meine Stimme, so schrill und entsetzt?

Er schwang einen Arm. Das Stroh kratzte über meinen Rücken, als es über mich hinwegstrich.

Ich grapschte nach der Türklinke. Drückte sie nach unten. Zog die Tür auf.

Und schrie noch einmal auf, als ich mit Oma Miriam zusammenstieß.

»Oh, Hilfe! Bitte hilf mir! Oma Miriam – er verfolgt mich!«, schrie ich.

Ihre Miene änderte sich nicht. Sie blickte mir starr entgegen.

Im dämmrigen Licht des Flurs wurde ihr Gesicht sichtbar.

Und ich sah, dass ihre Brille aufgemalt war.

Und ihre Augen. Und ihr Mund. Und eine große runde Nase.

Ihr ganzes Gesicht war aufgemalt.

»Du bist nicht wirklich!«, schrie ich.

Und dann wurde es dunkel um mich, als sich Opa Kurts Strohhände über mein Gesicht legten.

15

Hustend und würgend wachte ich auf.

Umgeben von Dunkelheit. Tiefer Dunkelheit.

Es dauerte einige Sekunden, bis mir klar wurde, dass ich mit dem Kopfkissen auf dem Gesicht geschlafen hatte.

Ich schleuderte es zum Fußende, setzte mich auf und atmete heftig. Mein Gesicht war heiß. Das Nachthemd klebte mir durchgeschwitzt am Rücken.

Ich schaute zum Fenster hinüber und hatte plötzlich Angst, ich könnte eine dunkle Gestalt hereinklettern sehen.

Die Vorhänge wehten leicht im Wind. Der frühe Morgenhimmel war noch grau. Ich hörte das schrille Krähen eines Hahns.

Ein Traum. Es war alles nur ein schrecklicher Albtraum gewesen.

Ich holte tief Luft und ließ sie langsam ausströmen. Ich stellte die Füße auf den Boden.

Ich starrte in das graue Morgenlicht, das durchs Fenster sickerte. Nur ein Traum, versicherte ich mir. Beruhige dich, Jodie. Es war nur ein Traum.

Schließlich hörte ich, dass unten schon jemand auf

den Beinen war. Etwas unsicher ging ich zur Kommode und holte frische Klamotten heraus – eine abgeschnittene, verwaschene Jeans und ein ärmelloses blaues T Shirt.

Meine Augen tränten. Ich sah alles nur verschwommen. Meine Allergie war an diesem Morgen wirklich schlimm.

Die Augen reibend ging ich zum Fenster und spähte hinaus. Der rote Sonnenball lugte gerade über die ausladenden Apfelbäume. Kräftiger Morgentau ließ das Gras hinterm Haus wie Smaragde glitzern.

Ein Meer von Maisstauden wuchs hinter der Grasfläche dunkel in die Höhe. Die Vogelscheuchen ragten mit ausgebreiteten Armen daraus auf, als wollten sie den Morgen begrüßen.

Der Hahn krähte noch einmal.

Was für ein blöder Albtraum. Ich schüttelte mich, als wollte ich ihn damit aus meinem Gedächtnis löschen. Dann fuhr ich mir mit der Bürste durchs Haar und lief zum Frühstück hinunter.

Mark betrat gleichzeitig mit mir die Küche. Oma Miriam saß alleine am Tisch. Vor ihr dampfte eine Tasse Tee, während sie hinaus in die Morgensonne schaute.

Sie wandte sich um und lächelte, als wir hereinkamen. »Guten Morgen. Habt ihr gut geschlafen?«

Ich war drauf und dran, ihr von meinem schaurigen Albtraum zu erzählen. Doch stattdessen fragte ich: »Wo ist Opa Kurt?« Dabei starrte ich auf seinen leeren Stuhl. Die Zeitung lag ungeöffnet auf dem Tisch.

»Sie sind alle sehr früh weggefahren«, antwortete Oma Miriam.

Sie stand auf, ging zum Küchenschrank und stellte die große Packung Cornflakes auf den Tisch. Dann winkte sie uns an den Tisch. »Schöner Tag heute«, sagte sie gut gelaunt.

»Keine Pfannkuchen?«, platzte Mark heraus.

Oma Miriam blieb mitten in der Küche stehen. »Ich habe völlig vergessen, wie man sie macht«, sagte sie, ohne sich umzudrehen.

Sie stellte zwei Schalen auf den Tisch und ging zum Kühlschrank, um die Milch zu holen. »Kinder, wollt ihr Orangensaft zum Frühstück? Er ist frisch ausgepresst.«

Oma Miriam stellte die Milchflasche neben meiner Schale auf den Tisch und lächelte mich an. Doch ihre Augen hinter den viereckigen Brillengläsern blieben teilnahmslos. »Ich hoffe, ihr beiden genießt euren Aufenthalt«, sagte sie leise.

»Das würden wir, wenn bloß Sticks nicht wäre«, platzte ich heraus.

Auf ihrem Gesicht machte sich Überraschung breit. »Sticks?«

»Er versucht uns Angst einzujagen«, sagte ich.

»Tss, tss«, antwortete Oma Miriam leise. »Ihr wisst doch, wie Sticks ist.«

Sie rückte mit beiden Händen ihr rotes Haar zurecht. »Was habt ihr heute vor?«, fragte sie fröhlich. »Es ist ein herrlicher Morgen, genau richtig zum Reiten. Bevor sie in der Früh abgefahren sind, hat Opa Kurt Betsy und Maggie satteln lassen – für den Fall, dass ihr ausreiten möchtet.«

»Hört sich gut an«, antwortete ich. »Was hältst du davon, Mark? Bevor es draußen richtig heiß wird?«

»Warum nicht?«, antwortete Mark.

»Ihr seid immer gerne am Bach entlanggeritten«, sagte Oma Miriam, während sie die Cornflakespackung wegräumte.

Ich musterte sie vom anderen Ende der Küche aus, ihre roten, gelockten Haare, ihre pummeligen Arme, ihr Hauskleid, das mit Blumen bedruckt war.

»Ist mit dir alles in Ordnung, Oma Miriam?«, fragte ich sie. Die Frage sprudelte einfach so aus mir heraus. »Ist hier alles in Ordnung?«

Sie antwortete nicht. Stattdessen senkte sie die Augenlider, um meinem Blick auszuweichen. »Geht ihr nur reiten«, sagte sie leise. »Und macht euch um mich keine Sorgen.«

Opa Kurt nannte Betsy und Maggie immer »die alten grauen Gäule«. Sie waren tatsächlich alt und grau. Und sie reagierten ungeheuer miesepetrig, als Mark und ich uns in die Sättel schwangen und sie zur Scheune hinauslenkten.

Sie waren die perfekten Pferde für uns »Stadtkinder«. Die Sommerferien auf der Farm stellten für uns die einzige Gelegenheit zum Reiten dar. Deshalb waren wir alles andere als geübte Reiter.

So langsam, wie diese beiden alten Gäule ihres Weges schaukelten, war das für uns genau die richtige Geschwindigkeit. Und obwohl wir uns nur schleppend vorwärtsbewegten, presste ich die Knie gegen Betsys Seiten und klammerte mich am Sattelknauf fest, als ginge es um Leben und Tod.

Wir folgten dem schmalen Feldweg, der an den

Maisfeldern vorbei zum Wäldchen führte. Die Sonne stand noch tief am verhangenen Himmel. Doch die Luft war schon heiß und feucht.

Fliegen schwirrten um mich herum, als ich auf Betsys Rücken dahinschaukelte. Ich nahm eine Hand vom Sattelknauf, um eine dicke Fliege von Betsys Rücken zu verscheuchen.

Mehrere Vogelscheuchen starrten uns entgegen, als Mark und ich an ihnen vorbeiritten. Ihre schwarzen Augen funkelten uns unter den Schlapphüten hervor an.

Mark und ich sprachen kein Wort. Wir hielten uns an unsere Abmachung, nicht mehr über die Vogelscheuchen zu reden.

Ich schaute zum Wäldchen hinüber und ließ die Zügel locker, um Betsy dazu zu bringen, einen Zahn zuzulegen. Natürlich ignorierte sie mich und trottete den Pfad weiter in ihrem langsamen, gleichmäßigen Schritt entlang.

»Ich würde gerne wissen, ob man diese Pferde immer noch zum Traben bringen kann«, rief Mark. Er war ein paar Pferdelängen hinter mir auf dem schmalen Feldweg.

»Lass es uns versuchen!«, rief ich zurück und packte die Zügel fester.

Ich drückte Betsy die Absätze meiner Turnschuhe in die Weichen. »Lauf, Mädchen – lauf!«, schrie ich und schlug ihr mit den Zügelenden leicht auf den Rücken.

Ich stieß einen verblüfften Schrei aus, als der alte Gaul gehorsam zu traben begann. Ich hatte nicht im Ernst geglaubt, dass sie dabei mitspielen würde.

»Super! Cool!«, hörte ich Mark hinter mir rufen.

Die Hufe dröhnten laut den Pfad entlang, als die beiden Pferde schneller wurden.

Ich hüpfte heftig im Sattel auf und ab, klammerte mich, aus dem Gleichgewicht gekommen, fest und war mir auf einmal gar nicht mehr so sicher, ob ich das Ganze für eine gute Idee halten sollte.

Als eine dunkle Gestalt unvermittelt vor mir auf den Feldweg sprang, konnte ich nicht einmal mehr schreien.

Es passierte alles so schnell.

Betsy trabte eilig dahin. Ich hüpfte im Sattel so heftig auf und ab, dass meine Füße aus den Steigbügeln rutschten.

Die dunkle Gestalt war genau vor uns aufgetaucht.

Betsy wieherte schrill – und bäumte sich auf.

Als ich zu fallen begann, erkannte ich sofort, was auf den Pfad gesprungen war.

Es war eine grinsende Vogelscheuche.

16

Mit einem schrillen Wiehern stieg Betsy nochmals.

Meine Hand grapschte nach den Zügeln, doch sie entglitten meinem Griff.

Der Himmel schien über mich hinwegzurollen und dann kippte er nach rechts weg.

Ich rutschte rückwärts, aus dem Sattel und vom Pferd herunter, während ich auf der Suche nach den Steigbügeln noch immer wild mit den Beinen ruderte.

Der Himmel kippte noch mehr.

Ich stürzte zu Boden und landete mit Wucht auf dem Rücken.

Ich erinnere mich nur noch an den Schock des plötzlichen Aufpralls, die Überraschung darüber, wie hart sich der Boden anfühlte, und an den heftigen Schmerz, der sich blitzartig durch meinen ganzen Körper zog.

Der Himmel wurde knallrot. Ein leuchtendes Scharlach. Wie eine Explosion.

Und dann verwandelte sich das Scharlachrot in tiefes, tiefes, endlos tiefes Schwarz.

Bevor ich die Augen aufschlug, vernahm ich gedämpftes Stöhnen.

Ich erkannte die Stimme. Marks Stimme.

Mit noch immer geschlossenen Augen öffnete ich den Mund, um ihm etwas zuzurufen. Meine Lippen bewegten sich, aber es kam kein Ton heraus.

»Ohhh!« Noch ein leises Stöhnen von ihm, nicht weit entfernt.

»Mark...?«, brachte ich schließlich mühsam heraus. Mein Rücken schmerzte. Die Schultern taten weh. Der Kopf dröhnte. Alles tat weh.

»Mein Handgelenk – ich glaube, es ist gebrochen«, sagte Mark, und seine Stimme klang gepresst und voller Angst.

»Du bist auch gestürzt?«, wollte ich wissen.

»Ja. Ich bin auch gestürzt«, stöhnte er.

Ich öffnete die Augen. Endlich bekam ich sie auf.

Und sah den verhangenen Himmel.

Alles verschwamm. Alles war wässrig verschwommen.

Ich starrte zum Himmel hinauf und strengte mich an schärfer zu sehen.

Und dann sah ich eine Hand vor dem Himmel. Eine Hand, die sich zu mir herabsenkte.

Eine knochige Hand, die aus einem schweren schwarzen Mantel herausragte.

Die Hand der Vogelscheuche, dämmerte es mir, während ich sie hilflos anstarrte.

Die Hand der Vogelscheuche, die nach mir griff, um mich zu packen.

17

Die Hand packte mich an der Schulter.

Zu entsetzt, um zu schreien, zu schwindelig, um klar denken zu können, ließ ich meine Augen den schwarzen Mantelärmel entlangwandern – hinauf zur Schulter – hinauf zum Gesicht.

Verschwommen. Alles war beängstigend verschwommen.

Und dann wurde das Gesicht klar.

»Stanley!«, schrie ich.

Er stand über mich gebeugt, seine roten Ohren glühten, und sein Gesicht war starr vor Sorge. Er nahm mich behutsam bei der Schulter. »Jodie – alles in Ordnung?«

»Stanley – du bist's!«, rief ich glücklich. Ich setzte mich auf. »Ich denke, ich bin in Ordnung. Ich weiß nicht. Mir tut alles weh.«

»Was für ein schlimmer Sturz«, sagte Stanley sanft. »Ich war auf dem Feld. Und ich hab sie gesehen. Ich habe die Vogelscheuche gesehen …«

Er brach ab. Ich folgte seinem erschrockenen Blick auf den Feldweg vor mir.

Die Vogelscheuche lag mit dem Gesicht nach unten quer über dem Pfad.

»Ich hab gesehen, wie sie auf den Weg gesprungen ist«, stieß Stanley mit einem Schauder aus, der seinen ganzen Körper zittern ließ.

»Mein Handgelenk…«, stöhnte Mark ganz in der Nähe.

Ich wandte mich nach ihm um, als Stanley zu ihm hinübereilte. Mark saß im Gras neben dem Feldweg und hielt sein Handgelenk. »Guck nur – es fängt schon an anzuschwellen«, stöhnte er.

»Oooh, das ist übel. Das ist übel«, sagte Stanley und schüttelte den Kopf.

»Möglicherweise ist es nur verstaucht«, vermutete ich.

»Ja«, pflichtete Stanley mir rasch bei. »Wir bringen dich am besten schnell zum Haus und packen Eis drauf. Schaffst du es, wieder auf Maggie zu steigen? Ich werde mich hinter dich setzen.«

»Wo ist *mein* Pferd?«, fragte ich, während ich den Weg in beiden Richtungen mit den Augen absuchte. Unsicher rappelte ich mich hoch.

»Es ist zur Scheune zurückgaloppiert«, antwortete Stanley und wies in die Richtung. »So schnell hab ich es schon seit Jahren nicht mehr laufen gesehen!«

Er warf einen Blick auf die Vogelscheuche und erschauerte noch einmal.

Ich machte ein paar Schritte und streckte die Arme und den Rücken. »Mir fehlt nichts«, erklärte ich ihm. »Gib das Pferd ruhig Mark. Ich werde zu Fuß gehen.«

Stanley half Mark eilig auf die Beine. Es war deutlich zu sehen, dass er so schnell wie möglich von hier wegwollte – weg von der Vogelscheuche.

Ich sah ihnen nach, als sie den Feldweg entlang in Richtung des Hauses davonritten. Stanley saß hinter Mark im Sattel, hielt die Zügel und ließ Maggie langsam und bedächtig gehen. Mark drückte sein Handgelenk an die Brust und lehnte sich an Stanley.

Ich streckte noch einmal die Arme über dem Kopf aus und versuchte damit, die Schmerzen in meinem Rücken zu lindern. Mein Kopf brummte. Doch abgesehen davon fühlte ich mich gar nicht so schlecht.

»Noch mal Glück gehabt«, sagte ich laut zu mir selbst.

Ich warf der Vogelscheuche, die mit dem Gesicht nach unten quer über dem Weg lag, einen langen Blick zu. Vorsichtig stieg ich über sie hinweg.

Ich stieß ihr mit der Schuhspitze in die Seite.

Das Stroh unter dem Mantel knisterte.

Ich stieß kräftiger zu, rammte der Vogelscheuche meinen Turnschuh heftig in den Rücken.

Ich weiß nicht, was ich erwartete. Dachte ich, dass die Vogelscheuche schreien würde? Dass sie versuchen würde wegzurobben?

Mit einem wütenden Schrei trat ich noch einmal nach der Vogelscheuche. Richtig fest. Und noch einmal.

Der Rupfenbeutelkopf hüpfte auf den Weg. Das grässliche aufgemalte Grinsen der Vogelscheuche blieb unverändert.

Es ist nur eine Vogelscheuche, sagte ich mir, als ich ihr einen letzten Tritt gab, woraufhin vorne aus dem Mantel Stroh herausquoll.

Nur eine Vogelscheuche, die Sticks auf den Weg geworfen hat.

Mark und ich hätten deswegen zu Tode kommen können, sagte ich mir.

Wir hatten Glück, dass das nicht passiert war.

Sticks. Es musste Sticks gewesen sein.

Aber warum nur?

Das war kein Streich.

Warum versuchte Sticks uns etwas anzutun?

18

Stanley und Sticks kamen nicht zum Mittagessen. Opa Kurt sagte, sie seien in die Stadt gefahren, um Besorgungen zu machen.

Marks Handgelenk war nur verstaucht. Oma Miriam packte einen Eisbeutel darauf und die Schwellung ließ gleich nach. Trotzdem stöhnte und jammerte Mark. Er zog eine Riesenshow ab.

»Ich glaube, ich muss eine Woche auf der Couch liegen und fernsehen«, stöhnte er.

Oma Miriam tischte uns Schinkenbrote und einen hausgemachten Krautsalat auf. Mark und ich futterten unser Mittagessen mit großem Appetit. All die Aufregung hatte uns ganz schön hungrig gemacht.

Während wir aßen, beschloss ich Opa Kurt alles zu berichten, was passiert war. Ich konnte es einfach nicht mehr länger für mich behalten.

Ich erzählte ihm, dass Sticks in der Nacht dafür gesorgt hatte, dass die Vogelscheuchen sich bewegten. Und dass er ständig versuchte uns Angst zu machen und dass er uns weismachen wollte, die Vogelscheuchen wären lebendig.

Ich entdeckte eine Spur von Angst in Opa Kurts

blauen Augen. Doch dann strich er sich über die weißen Stoppeln auf seinen Wangen und seine Augen bekamen einen abwesenden Ausdruck. »Sticks und seine kleinen Streiche«, sagte er schließlich, und auf seinem Gesicht machte sich ein Lächeln breit. »Dieser Junge hat wirklich was für Späße übrig.«

»Er macht keine Späße«, sagte ich hartnäckig. »Er will uns ernsthaft Angst einjagen, Opa.«

»Heute Morgen hätten wir dabei draufgehen können!«, pflichtete Mark mir bei. Seine Backen waren mit Majonäse verschmiert.

»Sticks ist ein guter Junge«, murmelte Oma Miriam. Auch sie lächelte. Sie wechselte mit Opa Kurt einen kurzen Blick.

»Sticks würde euch nie etwas Ernsthaftes zufügen«, sagte Opa Kurt bedächtig. »Er hat einfach nur gerne seinen Spaß.«

»Toller Spaß!«, maulte ich sarkastisch.

»Echt. Toller Spaß«, stöhnte Mark. »Ich hätte mir fast das Handgelenk gebrochen!«

Opa Kurt und Oma Miriam lächelten uns einfach nur an und ihre Mienen wirkten so erstarrt wie die aufgemalten Gesichter der Vogelscheuchen.

Nach dem Mittagessen lümmelte sich Mark auf der Couch, wo er vorhatte, den restlichen Nachmittag damit zu verbringen, in den Fernseher zu glotzen. Er war heilfroh, wenn er eine Ausrede fand, nicht raus an die frische Luft zu müssen.

Als ich hörte, wie Stanleys Pick-up in die Einfahrt fuhr, zog ich los, um Sticks zu finden und ihm klar zu machen, dass wir von seinen blöden Vogelscheuchentricks endgültig genug hatten.

Ich glaubte nicht, dass er uns seine Streiche nur des Spaßes wegen spielte. Ich glaubte vielmehr ernsthaft, dass er uns Angst einjagen oder uns sogar etwas antun wollte – und ich wollte herausfinden, warum.

Draußen auf dem Hof sah ich weder Sticks noch Stanley. Also marschierte ich über den Rasen in Richtung auf das Gästehaus zu, wo sie wohnten.

Es war ein warmer, wunderschöner Tag. Der Himmel war hell und klar. Die Luft duftete frisch und würzig süß.

Doch ich konnte mich über den Sonnenschein nicht so recht freuen. Alles, woran ich denken konnte, war Sticks klarzumachen, wie sauer ich war.

Ich klopfte an die Tür des Gästehauses, holte tief Luft und warf meine Haare über die Schultern nach hinten, während ich auf irgendwelche Anzeichen von Leben drinnen lauschte.

Ich versuchte mir zurechtzulegen,was ich Sticks sagen würde. Doch ich war zu wütend, um planen zu können. Mein Herz begann schneller zu schlagen. Ich bemerkte, dass ich heftiger atmete.

Noch einmal klopfte ich an die Tür, kräftiger diesmal.

Doch drinnen war niemand.

Also wandte ich meinen Blick den Maisfeldern zu. Die Pflanzen standen steif unter den Augen der bewegungslosen Vogelscheuchen. Kein Anzeichen von Sticks.

Schließlich wandte ich mich zur Scheune um, die auf

der anderen Seite des ausgedehnten Rasens vor dem Gästehaus stand. Vielleicht ist Sticks da drin, überlegte ich.

Ich lief dorthin. Zwei riesige Krähen hüpften vor dem offenen Scheunentor über den Boden. Sie flatterten mit ihren Flügeln und hopsten davon, um mir nicht in die Quere zu kommen.

»He – Sticks?«, schrie ich außer Atem, als ich eintrat.

Keine Antwort.

In der Scheune war es stockdunkel. Ich wartete, bis sich meine Augen an die Dunkelheit gewöhnt hatten.

Meinen letzten unheimlichen Besuch in der Scheune noch deutlich vor Augen, bewegte ich mich nur zögernd vorwärts. Meine Turnschuhe raschelten über das Stroh am Boden. »Sticks? Bist du hier drinnen?«, rief ich und starrte angestrengt in die tiefen Schatten.

Eine verrostete Ballenpresse stand neben den Strohballen. Eine Schubkarre lehnte aufgestellt an der Wand. Sie waren mir das letzte Mal nicht aufgefallen.

»Ich glaube, er ist nicht hier«, sagte ich laut zu mir selbst und ging an der Schubkarre vorbei. Da sah ich noch etwas, was ich vorher nicht bemerkt hatte – einen Stapel alter Mäntel auf dem Scheunenboden. Daneben waren Rupfenbeutel aufgeschichtet.

Ich hob einen davon auf. Er zeigte eine mit schwarzer Farbe aufgemalte Grimasse. Angewidert legte ich den Beutel auf den Stapel zurück.

Das musste Stanleys Vogelscheuchenmaterial sein, sagte ich mir. Wie viele Vogelscheuchen wollte er denn noch machen?

Dann stach mir etwas in der Ecke ins Auge. Eilig lief

ich über das Stroh hinüber und bückte mich, um mir die Sachen genauer anzusehen.

Fackeln. Mindestens ein Dutzend Fackeln lag da in der Ecke, verborgen von der Dunkelheit. Daneben entdeckte ich eine große Flasche Petroleum.

Was um alles in der Welt macht dieses Zeug hier?, fragte ich mich.

Plötzlich hörte ich ein Rascheln. Und ich sah Schatten, die sich im Halbdunkel bewegten.

Auf einmal wurde mir bewusst, dass ich auch diesmal nicht alleine war.

Ich sprang auf. »Sticks!«, schrie ich. »Du hast mich erschreckt.«

Sein Gesicht war zur Hälfte in der Dunkelheit verborgen. Seine schwarzen Haare fielen ihm in die Stirn. Er lächelte nicht. »Ich habe dich gewarnt«, sagte er drohend.

19

Während ich Angst meinen Hals hochsteigen fühlte, trat ich aus der Ecke heraus, drückte mich an ihm vorbei und trat ins Licht, das durch das Tor hereinfiel. »Ich ... ich habe nach dir gesucht«, stammelte ich. »Sticks, warum versuchst du ständig Mark und mich zu erschrecken?«

»Ich habe dich gewarnt«, sagte er und dämpfte seine Stimme dabei zu einem Flüstern. »Ich habe dir gesagt, ihr solltet von hier verschwinden und nach Hause fahren.«

»Aber warum?«, wollte ich wissen. »Was hast du für ein Problem, Sticks? Was haben wir dir getan? Warum versuchst du uns Angst einzujagen?«

»Das tu ich gar nicht«, antwortete Sticks und blickte nervös zum Scheunentor.

»Wie?« Ich starrte ihn an.

»Ich versuche nicht euch Angst zu machen. Ehrlich«, beharrte er.

»Lügner«, stieß ich verärgert aus. »Du musst mich echt für einen Vollidioten halten. Ich weiß, dass du heute früh die Vogelscheuche vor uns auf den Weg geworfen hast. Das musst du gewesen sein, Sticks.«

»Ich weiß wirklich nicht, wovon du redest«, erwiderte er kaltschnäuzig. »Aber ich warne dich ...«

Ein Geräusch am Eingang ließ ihn innehalten.

Wir sahen beide, wie Stanley in die Scheune trat. Er schirmte seine Augen ab, bis sie sich an die Dunkelheit gewöhnt hatten. »Sticks – bist du hier drin?«, rief er.

Ganz unvermittelt wurde Sticks' Gesicht starr vor Angst. Er stöhnte leise auf.

»Ich ... ich muss gehen«, flüsterte er mir nervös zu. Er wandte sich um und lief zu Stanley. »Hier bin ich, Papa«, rief er. »Ist der Traktor bereit?«

Ich sah den beiden zu, wie sie eilig aus der Scheune verschwanden. Sticks blickte sich nicht einmal um.

Ich blieb in der Dunkelheit stehen, die Augen auf den leeren Eingang gerichtet, und grübelte angestrengt.

Ich weiß, dass Sticks mich anlügt, dachte ich.

Ich weiß, dass er dafür gesorgt hat, dass die Vogelscheuchen sich in der Nacht bewegten.

Ich weiß, dass er sich als Vogelscheuche verkleidet hat, um mich im Wäldchen und vor der Scheune zu erschrecken. Und ich weiß, dass er am Morgen die Vogelscheuche vor die Pferde geworfen hat.

Ich weiß, dass er versucht uns Angst einzujagen.

Aber genug ist genug, beschloss ich.

Jetzt wurde es Zeit, es ihm heimzuzahlen.

Jetzt war *Sticks* an der Reihe, Angst zu bekommen. Richtige Angst.

20

»Das kann ich nicht tun!«, protestierte Mark.

»Klar kannst du«, versicherte ich ihm. »Das wird echt cool.«

»Aber mein Handgelenk tut schon wieder weh«, jammerte mein Bruder. »Es hat gerade angefangen zu schmerzen. Ich kann es nicht benutzen.«

»Kein Problem«, erklärte ich ihm. »Du wirst es nicht brauchen.«

Er setzte zu noch mehr Protest an. Aber dann breitete sich ein Lächeln auf seinem Gesicht aus und seine Augen begannen fröhlich zu leuchten. »Das ist irgendwie eine coole Idee«, sagte er und lachte.

»Natürlich, es ist eine Spitzenidee«, stimmte ich ihm zu. »Schließlich stammt sie von *mir*!«

Wir standen im Eingang der Scheune. Das fahle Licht des Vollmondes schien auf uns herunter. Irgendwo ganz in der Nähe schrien Eulen.

Die Nacht war kühl und klar. Das dick von Tau bedeckte Gras schimmerte. Ein leichter Windhauch ließ die Bäume flüstern. Das Mondlicht war so hell, dass ich jeden einzelnen Grashalm erkennen konnte.

Nachdem Opa Kurt und Oma Miriam zu Bett gegangen waren, hatte ich Mark aus dem Haus geschleppt. Ich zog ihn hinter mir her über den Rasen zur Scheune.

»Warte hier«, sagte ich. Dann huschte ich in die Scheune, um die Sachen zu holen, die wir benötigten.

In der Nacht war es in der Scheune ein wenig unheimlich. Von oben zwischen den Dachbalken hörte ich leise Flattergeräusche.

Wahrscheinlich eine Fledermaus.

Meine Turnschuhe waren vom Gras nass. Ich schlitterte über das Stroh auf dem Scheunenboden.

Die Fledermaus strich dicht über meinen Kopf hinweg. Aus dem Dachgebälk hörte ich schrilles Piepsen. Noch mehr Fledermäuse.

Von dem Stapel schnappte ich mir einen der langen alten Mäntel. Dann griff ich mir eines der Rupfenbeutelgesichter und legte es über den Mantel.

Ohne auf die flatternden Flügel zu achten, die – hin und her, hin und her – durch die Scheune schossen, eilte ich zu Mark hinaus.

Und ich erklärte ihm meinen Plan. Den Plan, mit dem wir uns an Sticks rächen würden.

Genau genommen war der Plan ganz einfach. Wir würden Mark als Vogelscheuche verkleiden. Dann würde er sich zu den anderen Vogelscheuchen ins Maisfeld stellen.

Ich würde zum Gästehaus marschieren und Sticks holen. Ich würde ihm erzählen, dass ich im Maisfeld etwas Seltsames gesehen hätte. Ich würde Sticks zum Feld hinausschleppen. Dann würde Mark auf ihn zutorkeln – und Sticks würde vor Angst Hören und Sehen vergehen.

Ein einfacher Plan. Und obendrein ein guter.

Sticks verdiente es schließlich nicht anders.

Ich zog Mark den Rupfenbeutel über den Kopf. Die schwarzen aufgemalten Augen starrten mir entgegen. Ich langte hinunter, hob eine Handvoll Stroh auf und begann es in den Beutel zu stopfen.

»Hör auf herumzuzappeln«, wies ich Mark zurecht.

»Aber das Stroh juckt«, quengelte er.

»Du wirst dich daran gewöhnen«, sagte ich nur und packte ihn bei den Schultern. »Halt ruhig. Beweg dich nicht.«

»Wozu brauche ich denn das Stroh?«, jammerte er.

»Mark, du musst genauso wie die anderen Vogelscheuchen aussehen«, erklärte ich ihm. »Sonst fällt Sticks nicht darauf herein.«

Ich stopfte das Rupfengesicht mit Stroh aus. Dann hielt ich Mark den alten Mantel hin, damit er ihn anziehen konnte.

»Das halt ich nicht aus!«, heulte er. »Das Zeug bringt mich noch um, so juckt es. Außerdem bekomme ich keine Luft!«

»Du kriegst Luft, keine Bange«, redete ich ihm zu und stopfte Stroh in die Ärmel. Ich achtete sorgfältig darauf, dass ein paar Strohbüschel aus den Ärmeln herausragten und Marks Hände verdeckten. Dann stopfte ich noch mehr Stroh unter den Mantel.

»Wirst du wohl still stehen?«, flüsterte ich ärgerlich. »Das ist 'ne Menge harter Arbeit – kapiert?«

Er brummelte leise vor sich hin, während ich weitermachte.

»Denk einfach nur daran, wie toll es sein wird, wenn

Sticks dich sieht und denkt, du wärst eine echte Vogelscheuche, die lebendig geworden ist«, sagte ich.

An meinen Händen klebte Stroh. Mein Sweatshirt und meine Jeans waren vorne ebenfalls mit Stroh übersät. Ich nieste. Ich bin definitiv allergisch gegen das Zeug.

Doch das war mir jetzt egal. Ich war völlig aus dem Häuschen und konnte es kaum erwarten, Sticks' entsetztes Gesicht zu sehen, konnte es kaum abwarten, ihm seine Versuche, uns die ganze Woche lang Angst einzujagen, heimzuzahlen.

»Ich brauche einen Hut«, sagte Mark. Er stand ganz steif, weil er sich unter all dem Stroh nicht zu bewegen traute.

»Hmmmmh«, ich dachte angestrengt nach. Bei dem Vogelscheuchenmaterial in der Scheune gab es keine Hüte. »Na, dann nehmen wir einfach einen von einer der echten Vogelscheuchen.«

Schließlich trat ich zurück, um mein Kunstwerk zu begutachten. Mark sah wirklich ziemlich gut aus. Aber er hatte noch ein bisschen Stroh nötig. Also machte ich mich wieder an die Arbeit und stopfte Stroh, bis sich der alte Mantel ausbeulte.

»Und vergiss bloß nicht, steif und gerade zu stehen und deine Arme zur Seite auszustrecken«, wies ich ihn an.

»Was bleibt mir schon anderes übrig?«, quengelte Mark. »Ich … ich kann mich ja überhaupt nicht mehr bewegen!«

»Gut«, sagte ich und zupfte das Stroh zurecht, das aus den Ärmeln lugte. Dann trat ich zurück. »Okay. Du bist fertig«, sagte ich nach einem kritischen Blick auf mein Werk.

»Wie sehe ich aus?«, fragte er.

»Wie eine kleine Vogelscheuche«, antwortete ich.

»Ich bin zu klein?«, erwiderte er.

»Zerbrich dir jetzt bloß nicht den Kopf deswegen, Mark«, sagte ich und packte ihn am Arm. »Ich werde dich an einen Pfosten hängen!«

»Was?«

Ich lachte. »Reingefallen«, murmelte ich. »Ich mache nur Spaß.« Ich zog los, um ihn zu den Maisfeldern zu führen.

»Glaubst du, es wird funktionieren?«, fragte Mark, der steif neben mir herging. »Glaubst du, wir werden Sticks richtig Angst einjagen?«

Ich nickte. Auf meinem Gesicht machte sich ein gehässiges Grinsen breit. »Das glaube ich allerdings«, sagte ich gut gelaunt. »Ich glaube, Sticks steht eine echt schreckliche Überraschung bevor.«

Wie sollte ich auch wissen, dass die uns allen bevorstand?!

21

Mit beiden Händen ergriff ich Marks Arm und führte ihn zu den Maisfeldern. Der helle Mond übergoss uns mit bleichem Licht. Die hohen Maispflanzen zitterten in einer leichten Brise.

Mark wirkte so echt als Vogelscheuche, dass es schon unheimlich war. Strohbündel ragten aus seinem Kragen und unten aus seinem Mantel heraus. Dieser hing lose von seinen Schultern herab und ging ihm fast bis an die Knöchel.

Wir traten ins Feld. Unsere Turnschuhe verursachten knackende Geräusche auf dem trockenen Boden, als wir uns zwischen zwei dicht stehenden Reihen unseren Weg bahnten.

Die Maisstauden überragten uns um einige Zentimeter. Vom Wind bewegt beugten sie sich über uns, als wollten sie uns einschließen.

Überrascht fuhr ich zusammen, als ich ein Rascheln hörte, das sich den Boden entlangbewegte.

Schritte?

Mark und ich erstarrten. Und lauschten.

Die hohen Pflanzen beugten sich tiefer, als der Wind stärker wurde. Wenn sie sich bewegten, verursachten sie unheimliche knirschende Geräusche. Die reifen Maiskolben schwankten heftig hin und her.

Kniiiirsch. Kniiiirsch.

Die Pflanzen schwankten vor und zurück.

Da hörten wir das Rascheln wieder. Ein leises, streifendes Geräusch. Ganz nahe.

»Au. Lass mich los!«, zischte Mark.

Plötzlich bemerkte ich, dass ich noch immer seinen Arm festhielt und kräftig zusammendrückte.

Ich ließ ihn los. Und lauschte. »Hörst du das?«, flüsterte ich Mark zu. »Das schleifende Geräusch?«

Kniiiirsch. Kniiiirsch.

Die Maisstauden bewegten sich über uns.

Ein Zweig knackte. So nahe, dass ich vor Schreck fast in die Luft sprang.

Ich hielt den Atem an. Mein Herz raste.

Wieder ein leises Rascheln. Ich starrte auf den Boden hinunter und versuchte das Geräusch zu verfolgen.

»Oh.«

Ein großes graues Eichhörnchen huschte über den Pfad und verschwand zwischen den Pflanzen.

Ich brach in schallendes Gelächter aus, vor allem, weil ich so erleichtert war. »Bloß ein Eichhörnchen«, sagte ich. »Ist das zu fassen? Ein Eichhörnchen!«

Mark stieß unter seinem Rupfenbeutel einen langen, erleichterten Seufzer aus. »Jodie, können wir jetzt gehen?«, wollte er ungeduldig wissen. »Das Ding hier juckt wie verrückt!«

Er hob die Hände und versuchte sich durch den Beutel hindurch im Gesicht zu kratzen. Doch ich riss ihm rasch die Arme herunter. »Mark – hör auf. Du bringst das ganze Stroh durcheinander!«

»Aber mein Gesicht fühlt sich an, als ob Hunderte von kleinen Tieren darauf herumkrabbeln würden«, heulte er. »Und ich kann nichts sehen. Du hast die Augenlöcher nicht groß genug ausgeschnitten.«

»Folge mir einfach«, murmelte ich. »Und hör auf dich zu beschweren. Du willst Sticks doch erschrecken, oder nicht?«

Mark gab keine Antwort. Aber er ließ sich von mir tiefer ins Maisfeld hineinführen.

Plötzlich fiel ein schwarzer Schatten über unseren Pfad.

Ich schrie leise auf, bevor ich feststellte, dass es nur der lange Schatten einer der Vogelscheuchen war.

»Wie geht's?«, sagte ich und schüttelte ihre Strohhand. »Darf ich mir deinen Hut ausleihen?«

Ich langte hoch und zog den braunen Schlapphut von dem Rupfenkopf herunter. Dann setzte ich ihn Mark auf und zog ihn kräftig nach unten.

»He …!«, protestierte Mark.

»Ich möchte nicht, dass er dir herunterfällt«, erklärte ich ihm.

»Es wird nie aufhören zu jucken«, jammerte Mark. »Kannst du mich am Rücken kratzen? *Bitte?* Mein ganzer Rücken juckt!«

Ich rieb ein paar Mal über den Rücken des alten Mantels. »Dreh dich um«, forderte ich ihn auf und musterte ihn noch einmal von oben bis unten.

Hervorragend. Er sah mehr nach einer Vogelscheuche aus als die Vogelscheuchen.

»Bleib genau hier stehen«, sagte ich zu ihm und schob ihn auf eine kleine Lichtung zwischen zwei Pflanzenreihen. »Gut. Wenn du hörst, dass ich Sticks hier herüberbringe, breitest du deine Arme aus. Und beweg keinen einzigen Muskel.«

»Ich weiß, ich weiß«, brummte Mark. »Meinst du, ich weiß nicht, wie man eine Vogelscheuche spielt? Beeil dich bloß – okay?«

»Klar«, antwortete ich, wandte mich um und lief eilig zwischen den wogenden Maispflanzen hindurch. Trockenes Stroh und Blätter raschelten unter meinen Turnschuhen.

Ich atmete heftig, als ich beim Gästehaus ankam. Der Eingang war dunkel. Doch hinter dem herabgelassenen Rolladen vor dem Fenster leuchtete schwach oranges Licht.

Vor der Eingangstür blieb ich zögernd stehen und lauschte. Drinnen war es still.

Wie sollte ich Sticks dazu bringen, alleine herauszukommen – ohne seinen Vater?

Ich wollte Stanley nicht erschrecken. Er war ein wirklich netter Mann, der nie auch nur daran denken würde, Mark und mir fiese Streiche zu spielen. Und ich wusste, wie leicht er verängstigt werden konnte.

Ich wollte nur Sticks einen Schrecken einjagen. Um ihm eine Lektion zu erteilen. Um ihm beizubringen, dass er keinen Grund hatte, Mark und mich ständig zu schikanieren, nur weil wir »Stadtkinder« waren.

Der Wind blies mir durchs Haar und ich konnte hinter mir auf dem Feld die Maisstauden rascheln hören.

Mich fröstelte.

Entschlossen holte ich tief Luft und hob die Faust, um an die Tür zu klopfen.

Doch ein Geräusch hinter mir ließ mich herumfahren.

Jemand kam über den Rasen heran, halb laufend, halb torkelnd. Meine Augen waren voller Tränen. Ich konnte nicht richtig sehen. War das Mark?

Ja. Ich erkannte den Schlapphut, den ausgebeulten dunklen Mantel, der bis zu seinen Knien herabhing.

Was macht er denn nur?, fragte ich mich, während ich beobachtete, wie er näher kam.

Warum ist er mir gefolgt?

Er wird uns unseren ganzen Streich verderben!

Als er noch näher kam, hob er eine Strohhand, als wollte er auf mich deuten.

»Mark – was stimmt nicht?«, rief ich ihm mit verhaltener Stimme zu.

Er fuchtelte beim Laufen weiter mit seiner Hand herum.

»Mark – geh zurück aufs Feld«, wisperte ich. »Du solltest mir doch nicht nachkommen. Du wirst uns alles verderben! Mark – was *tust* du hier?«

Ich winkte ihm mit beiden Händen zu, zum Maisfeld zurückzukehren.

Doch er kümmerte sich nicht darum, sondern kam immer näher. Stroh rieselte aus ihm heraus.

»Mark, bitte – geh zurück! Geh zurück!«, flehte ich.

Aber er kam direkt auf mich zu und packte mich an den Schultern.

Und als ich in die kalten aufgemalten Augen schaute – stellte ich zu meinem Entsetzen fest, dass es gar nicht Mark war!

22

Ich schrie auf und versuchte mich loszureißen.

Aber die Vogelscheuche hielt mich eisern fest.

»Sticks – bist du das?«, rief ich mit zittriger Stimme.

Keine Antwort. Ich starrte in die leeren, aufgemalten Augen.

Und da fiel mir auf, dass sich keine menschlichen Augen dahinter verbargen.

Die Strohhände kratzten an meinem Hals.

Ich riss den Mund auf, um zu schreien.

Da öffnete sich die Tür des Gästehauses. »Sticks …«, brachte ich mit größter Mühe heraus.

Sticks trat auf den kleinen Vorplatz heraus. »Was um alles in der Welt …!«, schrie er.

Er sprang die Treppe herunter, packte die Vogelscheuche bei den Mantelschultern – und rang sie zu Boden.

Die Vogelscheuche schlug ohne ein Geräusch auf. Sie lag flach und mit ausgebreiteten Armen auf dem Rücken und starrte uns aus ihren leeren Augen an.

»Wer… wer ist das?«, schrie ich und rieb meinen Hals an der Stelle, wo mich die Strohhände gekratzt hatten.

Sticks beugte sich hinunter und riss der Vogelscheuche den Rupfenkopf ab.

Darunter war nichts. Nichts als Stroh.

»Das ... das ist wirklich eine Vogelscheuche!«, schrie ich voller Entsetzen. »Aber, sie ... ist gegangen!«

»Ich habe dich gewarnt«, sagte Sticks feierlich, während er auf die kopflose dunkle Gestalt hinabstarrte. »Ich habe dich gewarnt, Jodie.«

»Du meinst, du bist es gar nicht gewesen?«, wollte ich wissen. »Das warst gar nicht du, der Mark und mir Angst machen wollte?«

Sticks schüttelte den Kopf und blickte mich mit seinen dunklen Augen an. »Papa hat die Vogelscheuchen zum Leben erweckt«, sagte er leise. »Letzte Woche. Bevor ihr angekommen seid. Er hat sein Buch dazu benutzt, hat ein paar Sprüche aufgesagt – und alle wurden lebendig.«

»O nein«, murmelte ich und schlug beide Hände vors Gesicht.

»Wir hatten alle solche Angst«, fuhr Sticks fort. »Vor allem deine Großeltern. Sie baten Papa, einen passenden Spruch aufzusagen und die Vogelscheuchen damit wieder schlafen zu schicken.«

»Hat er es getan?«, fragte ich.

»Ja«, antwortete Sticks. »Er hat sie wieder schlafen geschickt. Doch vorher hat er verlangt, dass deine Großeltern ihm einiges versprachen. Sie mussten versprechen ihn nicht mehr auszulachen. Und sie mussten ihm versprechen, von nun an alles zu tun, was er wollte.«

Sticks holte tief Luft und starrte auf das Fenster des

Gästehauses. »Ist dir nicht aufgefallen, wie viele Dinge sich auf der Farm verändert haben? Hast du nicht gemerkt, wie verängstigt und eingeschüchtert deine Großeltern sind?«

Ich nickte betroffen. »Natürlich ist mir das aufgefallen.«

»Sie haben sich bemüht Papa bei Laune zu halten«, fuhr Sticks fort. »Sie haben alles getan, um zu verhindern, dass er sich aufregt oder ärgert. Deine Großmutter kocht nur noch seine Lieblingsspeisen. Dein Großvater hat aufgehört Gruselgeschichten zu erzählen, weil Papa die nicht leiden kann.«

Ich schüttelte den Kopf. »Sie haben *solche* Angst vor Stanley?«

»Sie haben Angst, er könnte die Sprüche aus seinem Buch noch einmal aufsagen und die Vogelscheuchen wieder zum Leben erwecken«, sagte Sticks und schluckte schwer. »Es gibt da nur ein Problem«, murmelte er.

»Und das wäre?«, fragte ich.

»Na ja, ich habe Papa noch nichts davon gesagt. Aber ...« Er brach mitten im Satz ab.

»Aber was?«, wollte ich begierig wissen.

»Einige der Vogelscheuchen sind noch lebendig«, antwortete Sticks. »Einige von ihnen sind niemals eingeschlafen.«

23

Wir stießen beide einen kurzen Schrei aus, als sich die Tür des Hauses öffnete.

Verblüfft sprang ich vom Eingang zurück. Ein oranges Licht wurde sichtbar und Stanley trat heraus.

Mit einer Hand auf dem Türgriff spähte er hinaus. Seine Augen verrieten Überraschung, als sie Sticks und mich entdeckten. Doch als er die kopflose Vogelscheuche auf dem Boden erblickte, glotzte er und stieß einen unterdrückten Schrei aus.

»N-nein!«, stotterte Stanley und deutete mit zittrigen Fingern auf die Vogelscheuche. »Sie ... sie ist gegangen! Die Vogelscheuche geht wieder um!«

»Nein, Papa ...!«, schrie Sticks.

Doch Stanley hörte ihn nicht. Er war bereits zurück ins Haus gestürmt.

Sticks starrte ihm hinterher. Da erschien Stanley auch schon wieder im Eingang. Als er herauskam, sah ich, dass er sein großes Buch des Übernatürlichen bei sich hatte.

»Die Vogelscheuchen gehen um!«, brüllte Stanley. »Ich muss sie in den Griff bekommen. Ich muss jetzt sofort die Kontrolle über sie alle übernehmen!«

Seine Augen funkelten wild und sein ganzer knochiger Körper zitterte. Völlig durchgedreht marschierte er in Richtung Maisfeld los. Sticks versuchte ihn zu beruhigen.

»Nein, Papa!«, schrie Sticks verzweifelt und lief ihm nach. »Die Vogelscheuche ist hier nur hingelegt worden! Ich habe sie da hingeworfen, Papa! Sie ist nicht gegangen! Sie ist nicht gegangen!«

Stanley eilte mit großen, schnellen Schritten weiter. Er schien Sticks gar nicht zu hören. »Ich muss die Kontrolle übernehmen!«, verkündete Stanley. »Ich muss ihr Anführer sein. Ich werde auch die anderen zum Leben erwecken und die Kontrolle übernehmen.«

Er wandte sich um und sah Sticks entgegen, der sich beeilte ihn einzuholen. »Bleib zurück!«, brüllte Stanley. »Bleib zurück – bis ich meine Beschwörungsformel gelesen habe! Dann kannst du nachkommen!«

»Papa – bitte, hör mir zu!«, schrie Sticks. »Die Vogelscheuchen schlafen alle. Weck sie nicht auf!«

Kurz vor dem Rand des Maisfeldes blieb Stanley schließlich stehen. Er drehte sich zu seinem Sohn um und musterte aufmerksam dessen Gesicht. »Bist du sicher? Bist du sicher, dass sie nicht aus der Kontrolle geraten sind? Bist du sicher, dass sie nicht herumgeistern?«

Sticks nickte. »Ja. Ich bin sicher, Papa. Ich bin wirklich sicher.«

Stanleys Gesicht zeigte Unsicherheit, als wolle er ihm nicht recht glauben. »Ich brauche die Beschwörungsformel nicht zu lesen?«, fragte Stanley verwirrt. Seine Augen waren auf die wogenden Maisstauden gerichtet. »Ich muss nicht die Kontrolle übernehmen?«

»Nein, Papa«, erwiderte Sticks leise. »Die Vogelscheuchen stehen alle still. Du kannst das Buch weglegen. Die Vogelscheuchen bewegen sich nicht.«

Stanley seufzte erleichtert und ließ das Buch sinken. »Keine von ihnen?«, fragte er misstrauisch.

»Keine von ihnen«, antwortete Sticks beschwichtigend.

Genau in diesem Moment entschloss sich Mark – von Kopf bis Fuß als Vogelscheuche verkleidet –, aus dem Maisfeld herauszuwanken.

24

»Wo bleibst du denn?«, rief Mark.

Stanley riss die Augen weit auf, öffnete den Mund und ließ vor Entsetzen einen schrillen Schrei los.

»Papa, bitte…!«, flehte Sticks.

Zu spät.

Das Buch hocherhoben, lief Stanley los und steuerte auf das Maisfeld zu. »Die Vogelscheuchen gehen um! Sie gehen!«, schrie er voller Entsetzen.

Mark zerrte an seinem Rupfensackgesicht. »Haben wir es verpatzt? Ist der Streich gelaufen? Was ist denn hier los?«

Doch jetzt war keine Zeit, ihm darauf zu antworten.

Sticks wandte sich zu mir um. Sein Gesicht war starr vor Angst. »Wir müssen Papa aufhalten!«, schrie er und rannte los, auf die wogenden Maisstauden zu.

Stanley war bereits zwischen den hohen Reihen der Pflanzen verschwunden.

Meine Allergie war jetzt wirklich schlimm. Ich rieb mir ununterbrochen die Augen, um halbwegs klar sehen zu können. Doch während ich Sticks hinterherlief, schimmerte alles verschwommen in Grau und Schwarz.

»Au!«, schrie ich, als ich in eine kleine Vertiefung stolperte und hinfiel.

Mark, dicht hinter mir, purzelte fast über mich drüber.

Er beugte sich zu mir herunter und half mir wieder auf die Beine. Ich war heftig auf beide Knie gestürzt und sie taten höllisch weh.

»In welche Richtung sind sie gegangen?«, fragte ich atemlos, während ich die dunklen, wogenden Reihen raschelnder Maisstauden mit den Augen absuchte.

»Ich... ich weiß nicht so recht!«, stotterte Mark. »Was ist denn eigentlich los, Jodie? Sag's mir!«

»Nicht jetzt!«, erklärte ich ihm. »Wir müssen Stanley aufhalten. Wir müssen ...«

Stanleys Stimme erhob sich, schrill und aufgeregt, ganz in der Nähe. Mark und ich erstarrten, als wir den seltsamen Worten lauschten, die er halb singend aufsagte.

»Liest er etwas aus diesem verrückten Buch?«, fragte Mark.

Ohne zu antworten, zog ich in die Richtung von Stanleys Stimme los. Es war leicht, ihr zu folgen. Er sagte die sonderbaren Sprüche aus voller Kehle auf.

Wo ist Sticks?, fragte ich mich.

Warum hat Sticks es nicht geschafft, seinen Vater aufzuhalten?

Ich schob mich wild entschlossen zwischen den hohen Pflanzen hindurch. Ich bewegte mich fast blindlings, weil meine Augen heftig tränten, und schob die Pflanzen mit beiden Händen aus dem Weg.

Auf einer kleinen Lichtung fand ich Stanley und

Sticks. Sie standen vor zwei Vogelscheuchen, die auf ihren Pfählen steckten.

Stanley hielt sich das Buch dicht vors Gesicht und bewegte seinen Finger die Wörter entlang, während er sie aufsagte.

Sticks stand wie erstarrt, blickte abwesend ins Leere und sein Gesicht spiegelte kaltes Entsetzen.

Hatten ihn die Beschwörungsformeln so erstarren lassen?

Die Vogelscheuchen standen steif auf ihren Pfählen und ihre aufgemalten Augen starrten leblos unter den schwarzen Schlapphüten hervor.

Mark und ich betraten die Lichtung genau in dem Moment, als Stanley mit seiner Beschwörung zum Ende kam. Er schlug das große Buch zu und klemmte es sich unter den Arm.

»Jetzt werden sie gleich losgehen!«, schrie Stanley aufgeregt. »Sie werden wieder zum Leben erwachen!«

Plötzlich schien Sticks wieder zu sich zu kommen. Er blinzelte ein paar Mal und schüttelte den Kopf, als wolle er ihn dadurch klar bekommen.

Wir blickten alle auf die beiden Vogelscheuchen.

Sie starrten uns leblos und ohne sich zu bewegen an.

Die Wolken gaben allmählich den Mond frei. Die Finsternis, die über dem Maisfeld lag, zog sich zurück. Tiefes Schweigen senkte sich über uns. Das einzige Geräusch, das ich hören konnte, war Stanleys flacher Atem, ein angespanntes Keuchen, während er darauf wartete, dass seine Beschwörung Wirkung zeigte und die Vogelscheuchen zum Leben erwachten.

Ich weiß nicht, wie lange wir da so standen, während keiner auch nur einen Muskel bewegte, und die Vogelscheuchen beobachteten. Beobachteten. Beobachteten.

»Es hat nicht funktioniert«, stöhnte Stanley schließlich. Seine Stimme klang traurig und gedämpft. »Ich habe etwas falsch gemacht. Die Beschwörung – sie hat nicht gewirkt.«

Auf Sticks' Gesicht breitete sich ein Lächeln aus. Er warf mir einen Blick zu. »Es hat nicht funktioniert!«, rief er glücklich.

Und dann hörten wir das *Schrapp, Schrapp, Schrapp* von trockenem Stroh.

Ich sah, wie die Schultern der Vogelscheuchen zu zucken anfingen, sah, wie ihre Augen aufleuchteten und ihre Köpfe sich nach vorne beugten.

Schrapp, Schrapp, Schrapp!

Das trockene Stroh knisterte laut, als sich die beiden von ihren Pfählen lösten und schweigend auf den Boden hinunterglitten.

25

»Geht und warnt eure Großeltern!«, schrie Sticks. »Beeilt euch! Geht und erzählt ihnen, was mein Vater angestellt hat!«

Mark und ich zögerten. Wir starrten die Vogelscheuchen an, die, wie aus einem langen Schlaf aufgewacht, ihre Arme streckten und ihre Rupfensackköpfe rollten.

»Jodie – sieh nur!«, brachte Mark in tonlosem Flüstern heraus. Er zeigte auf die Felder.

Ich keuchte vor Entsetzen, als ich sah, worauf Mark starrte.

Überall im Feld streckten sich Vogelscheuchen in dunklen Mänteln, lösten sich von ihren Pfählen und kletterten auf den Boden hinunter.

Über ein Dutzend erwachte schweigend zum Leben.

»Lauft schon!«, brüllte Sticks. »Lauft und erzählt euren Großeltern davon!«

Stanley stand wie angewurzelt da und hielt sein Buch mit beiden Händen fest. Er beobachtete verblüfft das Geschehen, schüttelte den Kopf und genoss seinen Triumph.

Sticks' Gesicht war angstverzerrt. Er versetzte mir einen kräftigen Stoß gegen die Schulter. »Lauf!«

Die Vogelscheuchen rollten ihre Köpfe vor und zurück und breiteten ihre Arme aus. Das trockene Rascheln des Strohs erfüllte die Nachtluft.

Ich zwang mich die Augen von ihnen abzuwenden. Mark und ich drehten uns um und rannten durch das Maisfeld los. Beim Laufen stießen wir die hohen Pflanzen beiseite. Wir hatten die Köpfe eingezogen und rannten, so schnell wir nur konnten.

Wir hetzten über die Wiese am Gästehaus vorbei. Vorbei an der dunklen, stillen Scheune.

Das Farmhaus ragte düster vor uns auf. Eine schwache Lampe warf einen gelben Lichtkreis über die Veranda.

»He ...!«, schrie Mark und deutete nach vorn.

Opa Kurt und Oma Miriam mussten unsere Schreie gehört haben, denn sie warteten an der Rückseite des Hauses auf uns.

Sie sahen gebrechlich und verängstigt aus. Oma hatte sich einen Bademantel über das Nachthemd geworfen. Über ihr kurzes rotes Haar hatte sie ein Kopftuch gebunden. Opa Kurt hatte sich seinen Overall über den Schlafanzug gezogen und stützte sich schwer auf seinen Gehstock. Er schüttelte den Kopf, als wir angerannt kamen.

»Die Vogelscheuchen ...!«, rief ich völlig außer Atem.

»Sie gehen!«, schrie Mark. »Stanley ... er ...«

»Habt ihr Stanley aufgeregt?«, fragte Opa Kurt. Seine Augen waren vor Angst weit aufgerissen. »Wer hat Stanley aufgeregt? Er hat uns versprochen, er würde es nicht wieder tun! Er hat es versprochen – wenn wir ihn nicht aufregen würden.«

»Es war ein Missgeschick!«, erklärte ich ihm. »Wir haben es nicht mit Absicht getan. Ehrlich!«

»Wir haben uns so viel Mühe gegeben, Stanley bei Laune zu halten«, sagte Oma Miriam traurig und biss sich auf die Unterlippe. »So viel Mühe …«

»Ich hätte nicht gedacht, dass er es tun würde«, sagte Opa Kurt, die Augen auf das Maisfeld gerichtet. »Ich dachte, wir hätten ihn davon überzeugt, dass es zu gefährlich ist.«

»Warum bist du so verkleidet?«, fragte Oma Miriam Mark.

Geschockt und durcheinander, wie ich war, hatte ich völlig vergessen, dass Mark noch immer als Vogelscheuche verkleidet war.

»Mark, hast du dich etwa so angezogen, um Stanley Angst einzujagen?«, wollte Oma Miriam wissen.

»Nein!«, schrie Mark. »Es sollte ein Streich werden! Nur ein Streich!«

»Wir wollten Sticks erschrecken«, erklärte ich ihnen. »Aber, als Stanley Mark entdeckte, hat er …«

Im silbernen Mondlicht sah ich Stanley und Sticks. Sie rannten auf das Farmhaus zu. Stanley trug das Buch vor sich her. Seine Schuhe rutschten und schlitterten über das nasse Gras.

Hinter ihnen kamen die Vogelscheuchen. Sie bewegten sich tollpatschig, torkelten und taumelten schweigend vorwärts. Die Stroharme hatten sie nach vorne gestreckt, als wollten sie Stanley und Sticks packen. Ihre runden schwarzen Augen leuchteten ausdruckslos im Mondlicht. Ein Dutzend verkrümmter Gestalten in schwarzen Mänteln und mit dunklen Hüten. Während sie sich vorwärtsschleppten, verloren sie büschelweise Stroh.

Oma Miriam packte mich am Arm und drückte ihn voller Entsetzen. Ihre Hand war kalt wie Eis.

Wir sahen zu, wie Stanley stürzte und sich wieder aufrappelte. Sticks half ihm beim Aufstehen und dann rannten die beiden weiter in Panik auf uns zu.

Die schweigsamen Vogelscheuchen taumelten und stolperten näher. Näher.

»Helft uns – *bitte*!«, rief Stanley uns zu.

»Was können wir schon tun?«, hörte ich Opa Kurt traurig murmeln.

26

Wir drängten uns alle vier dicht aneinander und sahen den Vogelscheuchen in hilflosem Entsetzen zu, wie sie näher kamen und Stanley und Sticks über den mondbeschienenen Rasen jagten.

Oma Miriam hielt sich an meinem Arm fest. Die Hand um den Griff gekrallt, stützte sich Opa Kurt schwer auf seinen Spazierstock.

»Sie gehorchen mir nicht!«, schrie Stanley atemlos. Er kam dicht vor uns zum Stehen, in einer Hand das Buch.

Während er um Atem rang, hob und senkte seine Brust sich heftig. Obwohl die Nacht kühl war, tropfte ihm der Schweiß von der Stirn.

»Sie gehorchen mir nicht! Sie *müssen* mir gehorchen! So steht es in dem Buch!«, schrie Stanley und fuchtelte mit dem Buch wild in der Luft herum.

Sticks blieb neben seinem Vater stehen. Er wandte sich um und beobachtete die näher rückenden Vogelscheuchen. »Was wirst du jetzt tun?«, fragte er seinen Vater. »Du *musst* etwas unternehmen!«

»Sie sind lebendig!«, kreischte Stanley. »Lebendig!«

»Was sagt das Buch dazu?«, wollte Opa Kurt wissen.

»Sie sind lebendig! Sie sind alle lebendig!«, wiederholte Stanley, die Augen weit aufgerissen vor Angst.

»Stanley – hör mir zu!«, brüllte Opa Kurt. Er packte Stanley bei den Schultern und drehte ihn um, damit er ihn ansah. »Stanley – was steht in dem Buch? Was musst du tun? Wie kannst du sie unter Kontrolle bekommen?«, sagte er eindringlich.

»Lebendig«, murmelte Stanley und verdrehte die Augen. »Sie sind alle lebendig.«

»Stanley – was sagt das Buch darüber? Was musst du tun?«, wollte Opa Kurt noch einmal wissen.

»Ich ... ich weiß es nicht«, antwortete Stanley.

Wir wandten uns wieder den Vogelscheuchen zu. Sie kamen immer näher. Schwärmten aus. Während sie auf uns zutorkelten, bildeten sie eine Linie. Sie streckten uns drohend die Arme entgegen, als würden sie sich schon darauf vorbereiten, uns zu packen.

Aus ihren Ärmeln fiel büschelweise Stroh heraus. Auch aus ihren Mänteln rieselte es.

Und sie taumelten unaufhaltsam weiter auf uns zu. Kamen näher. Und näher.

Die schwarzen aufgemalten Augen blickten starr geradeaus. Ihre grässlichen aufgemalten Münder waren heimtückisch verzerrt.

»Halt!«, brüllte Stanley und hob das Buch hoch über den Kopf. »Ich befehle euch stehen zu bleiben!«

Die Vogelscheuchen torkelten langsam und unaufhaltsam vorwärts.

»Halt!«, kreischte Stanley mit schriller Stimme. »Ich habe euch zum Leben erweckt! Ihr gehört mir! Mir! Ich habe hier das Sagen. Ich befehle euch stehen zu bleiben!«

Die leeren Augen starrten uns direkt an. Ihre Arme reckten sich steif nach vorne. Die Vogelscheuchen schleppten sich näher. Näher.

»Halt! Ich sagte *Halt*!«, zeterte Stanley.

Mark drückte sich dichter an mich. Hinter der Rupfenmaske konnte ich seine Augen sehen. Angsterfüllte Augen.

Ohne sich um Stanleys entsetztes Flehen zu kümmern, rückten die Vogelscheuchen näher. Näher.

Und dann geschah etwas, was die ganze Nacht veränderte.

Ich nieste.

27

Erschrocken von meinem plötzlichen lauten Niesen, stieß Mark einen kurzen Schrei aus und machte einen Satz zurück.

Zu meiner Verblüffung blieben alle Vogelscheuchen stehen – und machten ebenfalls einen Satz rückwärts.

»Was ist denn jetzt los?«, schrie ich.

Die Vogelscheuchen schienen alle Augen auf Mark gerichtet zu haben.

»Mark ... rasch ... heb deine rechte Hand hoch!«, rief ich.

Mark starrte mich aus dem Rupfenbeutel heraus an. An seinen Augen konnte ich erkennen, wie verwirrt er war.

Trotzdem hob er gehorsam die rechte Hand hoch über den Kopf.

Und die Vogelscheuchen hoben alle die rechte Hand in die Höhe!

»Mark – sie ahmen dich nach!«, stieß Oma Miriam verwirrt hervor.

Mark streckte *beide* Hände in die Luft.

Die Vogelscheuchen machten es ihm wieder nach.

Ich konnte das Stroh rascheln hören, als sie alle die Arme in die Höhe reckten.

Mark neigte den Kopf nach links. Die Vogelscheuchen neigten ihre Köpfe nach links.

Mark ließ sich auf die Knie fallen. Die Vogelscheuchen sanken ins Stroh, Sklaven meines Bruders, die jede Bewegung nachahmten, die er ihnen vormachte.

»Sie ... sie denken, du wärst einer von ihnen«, flüsterte Opa Kurt.

»Sie halten dich für ihren Anführer!«, schrie Stanley und starrte mit aufgerissenen Augen auf die Vogelscheuchen, die am Boden kauerten.

»Aber wie bringe ich sie dazu, dass sie zu ihren Pfählen zurückgehen?«, wollte Mark aufgeregt wissen. »Wie bringe ich sie dazu, sich wieder in Vogelscheuchen zu verwandeln?«

»Papa – du musst die richtige Beschwörungsformel finden!«, brüllte Sticks. »Such den richtigen Spruch heraus! Bring sie dazu, wieder zu schlafen!«

Stanley fuhr sich durch sein kurzes, dunkles Haar. »Ich ... ich habe zu viel Angst«, bekannte er niedergeschlagen.

Und dann hatte ich eine Idee.

»Mark ...«, flüsterte ich und beugte mich zu ihm hinüber. »Zieh deinen Kopf ab.«

»Was?« Er glotzte mich durch seine Rupfenmaske hindurch an.

»Zieh deinen Vogelscheuchenkopf ab«, drängte ich ihn, immer noch flüsternd.

»Aber warum?«, wollte Mark wissen. Er winkte mit

erhobenen Händen. Die Vogelscheuchen winkten gehorsam mit ihren erhobenen Händen.

Alle starrten mich an, begierig darauf, meine Erklärung zu hören.

»Wenn du deinen Vogelscheuchenkopf abnimmst«, erklärte ich Mark, »dann werden sie *ihre* Köpfe ebenfalls ablegen. Und sie werden sterben.«

Mark zögerte. »Meinst du wirklich?«

»Es ist einen Versuch wert«, sagte Opa Kurt drängend.

»Mach schon, Mark. Beeil dich!«, schrie Sticks.

Mark zögerte eine Sekunde lang. Dann trat er vor, so dass er nur noch Zentimeter von den Vogelscheuchen entfernt war.

»Beeil dich!«, forderte Sticks.

Mark packte den Rupfenbeutel mit beiden Händen. »Ich hoffe nur, das funktioniert«, murmelte er. Dann zog er den Beutel mit einem heftigen Ruck herunter.

28

Die Vogelscheuchen hielten in ihren Bewegungen inne. Sie standen leblos wie Statuen, als sie Mark dabei zuschauten, wie er seinen Vogelscheuchenkopf abnahm.

Mark erwiderte, den Rupfenbeutel in den Händen haltend, ihren Blick. Nasse Haare klebten an seiner Stirn. Er war schweißgebadet.

Einen weiteren Moment lang zögerten die Vogelscheuchen.

Einen langen, schweigenden Moment lang.

Ich hielt den Atem an. Mein Herz hämmerte.

Dann stieß ich einen glücklichen Schrei aus, als die Vogelscheuchen mit ihren Strohhänden nach oben langten – und ihre Köpfe abnahmen!

Die dunklen Hüte und die Rupfenköpfe fielen geräuschlos ins Gras.

Keiner von uns bewegte sich. Wir warteten darauf, dass die Vogelscheuchen umfallen würden.

Wir warteten darauf, dass die kopflosen Vogelscheuchen zusammenbrechen und zu Boden sinken würden.

Aber sie fielen nicht.

Stattdessen streckten sie die Arme aus und bewegten sich steif und drohend vorwärts.

»Sie … sie kommen uns zu holen!«, schrie Stanley mit schriller, zittriger Stimme.

»Mark – tu was!«, rief ich entsetzt. »Lass sie auf einem Bein stehen oder auf und ab hüpfen. Halt sie auf!«

Die kopflosen Gestalten schleppten sich mit ausgestreckten Armen auf uns zu.

Mark trat vor und hob beide Hände in die Höhe.

Die Vogelscheuchen blieben nicht stehen, ahmten ihn nicht nach.

»He – Hände hoch!«, schrie Mark verzweifelt und wedelte mit den Händen in der Luft.

Die Vogelscheuchen drängten unaufhaltsam vorwärts.

»S-sie machen's nicht!«, heulte Mark. »Sie folgen mir nicht!«

»Du siehst nicht mehr wie eine Vogelscheuche aus«, stellte Oma Miriam fest. »Sie halten dich nicht mehr für ihren Anführer.«

Blindlings torkelnd kamen sie näher. Näher.

Sie bildeten einen engen Kreis um uns.

Eine Vogelscheuche streifte mich mit der Strohhand an der Wange.

Ich stieß einen entsetzten Schrei aus. »Neeeiiin!«

Ich griff nach meinem Hals. Das trockene Stroh kratzte mich, kratzte über mein Gesicht, kratzte, kratzte.

Die kopflosen Vogelscheuchen fielen über Mark her. Er schlug und trat wild um sich. Doch sie überwältigten ihn und rangen ihn zu Boden.

Meine Großeltern schrien hilflos, als die Gestalten in den dunklen Mänteln sie umringten. Stanley stöhnte leise auf.

»Sticks – hilf mir!«, kreischte ich, als sich Strohhände um meinen Hals legten. »Sticks? Sticks?«

Voller Panik schaute ich mich um.

»Sticks? Hilf mir! Bitte! Wo bist du?«

Sticks war verschwunden.

29

»Sticks?« Ich stieß einen letzten erstickten Schrei aus.

Strohhände hatten sich um meinen Hals gelegt. Die Vogelscheuche umklammerte mich. Mein Gesicht wurde in das trockene Stroh ihrer Brust gepresst.

Ich versuchte mich loszureißen. Doch sie hielt mich fest, umklammerte mich und schnürte mir die Luft ab.

Das Stroh roch ekelhaft. Verfault. Mir wurde schlecht. Eine Welle der Übelkeit erfasste mich.

»Lasst mich los! Lasst mich los!«, hörte ich Stanley flehen.

Die Vogelscheuche war überraschend stark. Sie umklammerte mich mit stählernem Arm und drückte mich zu Boden.

Ich unternahm einen letzten Versuch, mich loszureißen, kämpfte mit aller Kraft und hob den Kopf.

Und erblickte zwei Feuerkugeln. Orange Lichtstreifen.

Sie schwebten näher.

Und im orangen Lichtschein erkannte ich Sticks' Gesicht, hart und entschlossen.

Ich ruckte noch einmal heftig. Und taumelte rückwärts.

»Sticks!«, schrie ich.

Er trug zwei lodernde Fackeln. Die Fackeln aus der Scheune, das war mir jetzt klar.

»Die hab ich für den Notfall gehortet!«, rief Sticks.

Die Vogelscheuchen schienen Gefahr zu wittern.

Sie ließen uns los und versuchten zu fliehen.

Aber Sticks handelte blitzschnell.

Er schwang die beiden Fackeln wie Baseballschläger.

Eine Vogelscheuche fing Feuer. Dann noch eine.

Sticks schwang die Fackeln noch einmal.

Die Flammen knisterten – orange Streifen, die sich von der Dunkelheit abhoben.

Das trockene Stroh fing lodernd Feuer. Die alten Mäntel brannten wie Zunder.

Die Vogelscheuchen drehten und wanden sich, als die Flammen über sie hinwegtanzten. Sie sanken rücklings zu Boden. Brannten. Verbrannten mit hellem Schein, schweigend und schnell.

Ich trat einen Schritt zurück und schaute erschrocken und fasziniert zu.

Opa Kurt hatte einen Arm um Oma Miriam gelegt. Sie lehnten aneinander und auf ihren Gesichtern tanzte der Widerschein der lodernden Flammen.

Stanley stand angespannt mit aufgerissenen Augen daneben. Er drückte das Buch fest an seine Brust und murmelte vor sich hin, aber ich konnte nicht verstehen, was er sagte.

Mark und ich standen neben Sticks, der in jeder Hand eine Fackel hielt und mit zusammengekniffenen Augen beobachtete, wie die Vogelscheuchen verbrannten.

Sekunden später war nicht mehr als ein paar Häufchen Asche von ihnen übrig geblieben.

»Es ist vorbei«, murmelte Oma Miriam voller Dankbarkeit.

»Nie wieder«, hörte ich Stanley leise sagen.

Am nächsten Nachmittag war es still im Haus.

Mark lag draußen auf der überdachten Veranda in der Hängematte und las einen Stapel Comics. Opa Kurt und Oma Miriam hatten sich zu ihrem Nachmittagsnickerchen hingelegt.

Sticks war in die Stadt gefahren, um die Post abzuholen.

Stanley saß am Küchentisch und las in seinem Buch des Übernatürlichen. Sein Finger glitt über die Seite, während er mit gedämpfter Stimme Wort für Wort vor sich hin murmelte.

»Nie wieder«, hatte er beim Mittagessen wiederholt. »Was dieses Buch betrifft, habe ich meine Lektion gelernt. Ich werde nie wieder versuchen die Vogelscheuchen zum Leben zu erwecken. Nicht einmal mehr *lesen* werde ich das Kapitel über die Vogelscheuchen!«

Wir waren alle froh, das zu hören.

Und nun, an diesem faulen, friedlichen Nachmittag, saß Stanley am Tisch und las stillvergnügt einige Kapitel in seinem großen Buch.

Und ich saß alleine im Wohnzimmer auf der Couch, hörte Stanleys leises Murmeln aus der Küche und dachte über die vergangene Nacht nach.

Ein ruhiger Nachmittag, an dem ich mir alleine über

alles, was vorgefallen war, so meine Gedanken machen konnte, tat mir richtig gut.

Ganz alleine …

Die Einzige im Zimmer …

Die Einzige, die Stanleys kaum vernehmbares Murmeln hörte, während er in dem Buch las.

Die Einzige, die sah, wie der riesige ausgestopfte Braunbär mit den Augen blinzelte.

Die Einzige, die sah, wie der Bär von seinem Podest herunterstieg, knurrte und seine riesigen Tatzen durch die Luft schwang.

Die Einzige, die seinen Magen knurren hörte, während er zu mir herunterstarrte.

Die Einzige, die den hungrigen Blick in seinen Augen sah, als er auf wunderbare Weise aus einem langen Winterschlaf erwachte.

»Stanley?«, rief ich mit piepsiger, hoher Stimme. »Stanley? Was für ein Kapitel liest du gerade?«

R.L. Stine

Gänsehaut®

Die erfolgreichste Gruselserie für Kinder!

Willkommen im Haus der Toten
128 Seiten,
ISBN 978-3-570-22591-2

Es wächst und wächst und wächst …
128 Seiten,
ISBN 978-3-570-22592-9

Der Geist von nebenan
128 Seiten,
ISBN 978-3-570-22593-6

Die Puppe mit dem starren Blick
128 Seiten,
ISBN 978-3-570-22594-3

Der Werwolf aus den Fiebersümpfen
128 Seiten,
ISBN 978-3-570-22595-0

Um Mitternacht, wenn die Vogelscheuche erwacht
128 Seiten,
ISBN 978-3-570-22596-7

40305_6

cbj

www.cbj-verlag.de

Gänsehaut

Du wirst an Monster glauben

Das Buch zum Film

ca. 160 Seiten, ISBN 978-3-570-17223-0

Zach Cooper ist nicht begeistert, als er mit seinen Eltern in eine öde Kleinstadt ziehen soll. Bis er die süße Hannah kennenlernt ... Was er jedoch nicht ahnt: Hannahs Vater ist der berühmte Schriftsteller R. L. Stine, Autor der weltbekannten Gänsehaut-Bücher. Und der hat ein wahrhaft übles Geheimnis. Die Kreaturen, die seine Geschichten so berühmt gemacht haben, sind echt. Jetzt haben sie sich aus ihrem Gefängnis befreit und drohen, die ganze Stadt zu vernichten. Zach, Hannah und ihrem Vater bleibt nur eine Nacht, um die Wesen wieder einzufangen und ihre Stadt vor dem Untergang zu retten. Großartiges Gruselkino mit starken Animationen, hochkarätiger Besetzung – und einer hochspannenden Story zum Nachlesen!

10337

cbj

www.cbj-verlag.de